이번생은
황제로 살겠다

STAY 판타지 장편소설

이번 생은 황제로 살겠다 5

초판 1쇄 발행 2023년 8월 21일

지은이 ｜ STAY
발행인 ｜ 최원영
편집장 ｜ 이호준
편집 ｜ 송영규 최종건 정재웅 양동훈 곽원호 조정범 강준석 김시언
편집디자인 ｜ 한방울
영업 ｜ 김민원

펴낸곳 ｜ ㈜ 디앤씨미디어
등록 ｜ 2002년 4월 25일 제20-260호
주소 ｜ 서울시 구로구 디지털로 26길 111 JnK디지털타워 503호
전화 ｜ 02-333-2513(대표)
팩시밀리 ｜ 02-333-2514
E-mail ｜ papy_dnc@dncmedia.co.kr
블로그 ｜ blog.naver.com/gnpdl7

ISBN 979-11-364-4647-3 04810
ISBN 979-11-364-4483-7 (SET)

PAPYRUS FANTASY STORY

5

이번생은 황제로 살겠다

STAY 판타지 장편소설

PAPYRUS
파피루스

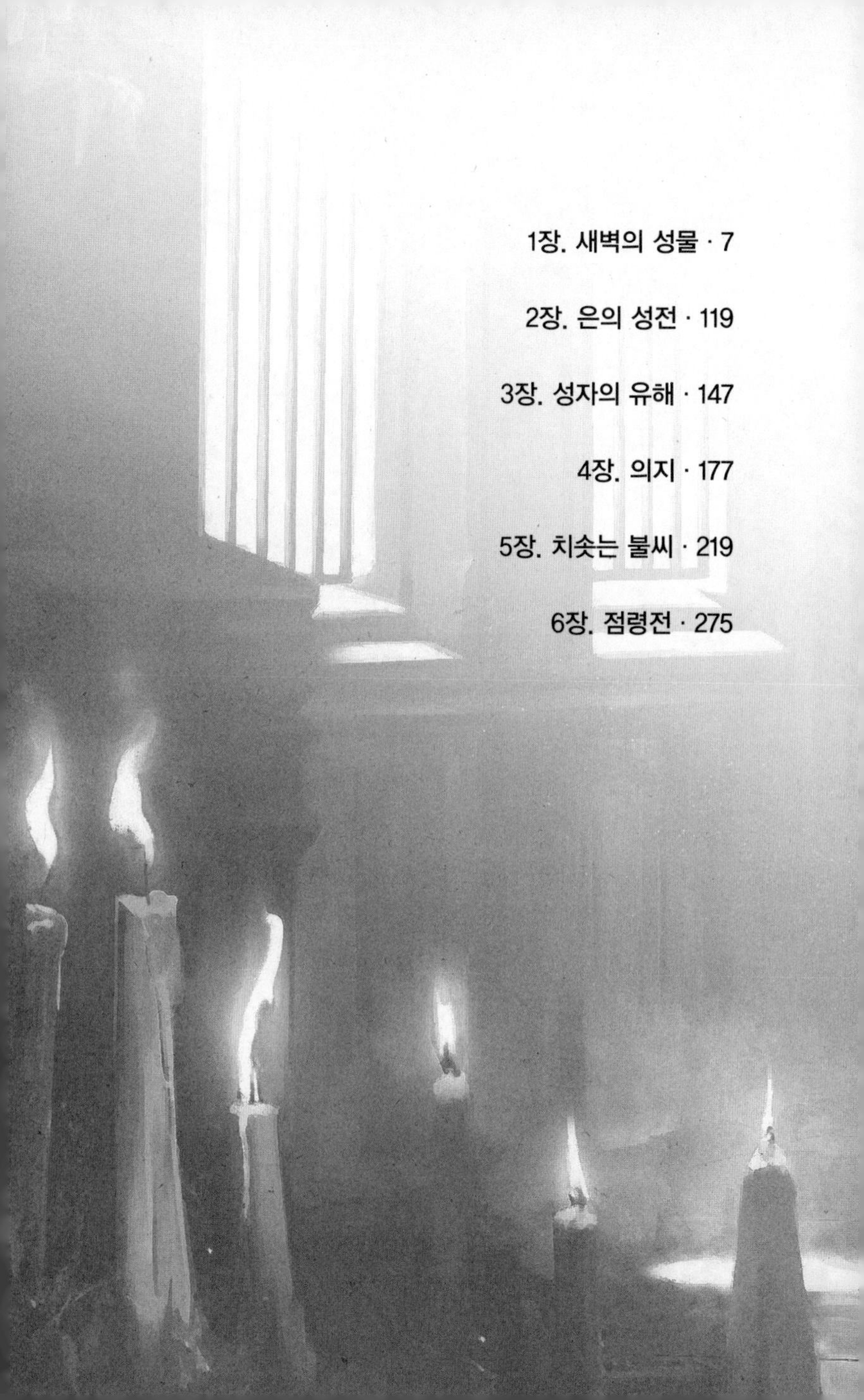

1장. **새벽의 성물**

새벽의 성물

한순간 심장이 정지하는 듯했다.

온몸이 뻣뻣하게 굳는 서늘한 감각을 뱀은 처음으로 느꼈다.

그것이 공포라는 단어임을 떠올리기까지 오랜 시간은 필요하지 않았다.

쿵!

뱀이 벽을 두드리며 페르노크에게 암석을 떨어뜨렸다.

그와 동시에 칼날과 연결된 어둠의 근원을 끊어 버렸다.

알고서 한 행동은 아니었다.

본능적으로 이것이 자신을 위협할 수단이란 걸 느끼며 어둠의 근원을 봉했다.

'이 힘은 오히려 인간에게 유리하다.'

뱀은 근원 외에도 한 가지 특별한 능력이 존재했다.

먹어 치운 공물의 지능을 학습하고 자신의 것으로 만들 수 있다.

공물들의 경험이 외친다.

페르노크를 상대하기 위해선 완전치 않은 육신을 일으켜야 한다고.

'내게 가장 익숙한 근원으로 돌아가라.'

검푸른 뿔이 파랗게 변했다.

그 순간, 사방의 바닷물이 제각각의 형태로 페르노크를 몰아붙였다.

그와 동시에 뱀이 물살을 타고 빠르게 돌진했다.

'어둠이 아닌 바다를 택했나.'

페르노크가 문 너머로 도약했다.

뱀이 본격적으로 활개를 치기 시작한 이상, 성지를 부수는 싸움은 할 수 없다.

제아무리 기록판이 튼튼하다고는 하나, 뱀의 꼬리에 휩쓸리기라도 한다면 산산이 부서질 것이다.

간신히 찾은 단서가 허무하게 사라지는 일이 없도록 페르노크는 전장을 넓혔다.

바다의 근원을 다스리는 뱀에게 유리한 바다 한복판에 떠올랐다.

'버블의 잔여 시간은 1시간 정도.'

근원은 마법과 다르다.

한 줌의 씨앗이 이 모든 바다를 자기 멋대로 주무를 수 있다.

그 심력이 다하기 전까지 근원은 절대 꺼지지 않는다.

뱀의 심력은 겉보기에도 상당한 수준이었다.

장기전은 마력을 흡수하는 페르노크에게도 불리했다.

"마도사끼리의 전투는 절대 장시간 승부로 끌고 가서는 안 됩니다. 공간을 지배하는 특성상 사고가 지나치게 넓어지며 반드시 틈이 발생하기 마련이죠. 그리고 적은 빈틈을 노립니다. 마도사의 전투는 한순간의 틈을 누가 열어젖히느냐로 판가름 납니다."

루인의 말처럼 단기 승부로 결판을 지어야 한다.

페르노크가 펼치는 공간 장악력은 이 광활한 바다 앞에서 작은 구슬에 불과하다.

거친 해류가 사방에서 그물처럼 좁혀 와 페르노크의 영역을 우그러뜨리려 한다.

몸이 무겁게 짓눌리는 상황에서 뱀이 아가리를 벌리며 달려들었다.

'모든 마법을 다 쏟아붓는다.'

페르노크가 원형의 막에 얼음을 덧씌웠다.

뱀이 얼음 구체를 잘근 씹어먹었는데도 비릿한 피 맛이

느껴지지 않았다.

뱀은 바로 고개를 들어 올렸다.

이 바다가 모두 그의 팔과 다리와 눈이 되어 움직인다.

모습을 감춰도 바다에 머무는 한 모두 파악할 수 있다.

콰앙!

뱀이 꼬리를 흔들자, 아무것도 없는 물결 속에서 폭발
이 일었다.

어느새 주위에 온통 페르노크로 가득 차올랐다.

암부의 다섯 별 중 한 명.

7레벨 환영 마법이 동시에 뱀을 두들겼다.

콰콰쾅!

곳곳에서 폭음이 일었지만 뱀은 꿈쩍도 하지 않았다.

뱀의 비늘은 쇳덩이보다 단단했고, 어지간한 상처는 물
기가 닿아 바로 재생된다.

페르노크의 연타는 귀찮은 날파리가 달라붙은 정도에
불과했다.

뱀이 바다에 근원을 넣어 바늘을 만들고 환영에 쏘아
보냈다.

수백, 수천에 이르는 물의 가시가 환영을 관통하여 다
시 아무것도 없는 물결에 몰려들었다.

쩌저적!

가시가 한데 모이기 전에 모두 얼어붙기 시작했다.

[하찮도다. 감히 신 앞에서 모습을 감출 수 있다고 생

각하느냐!]

은신에서 해제된 페르노크가 얼음을 두들겼다.

파편이 반대로 쏟아지자 뱀이 혓바닥을 날름거리며 바다를 뒤흔들었다.

삽시간에 여덟 개의 소용돌이가 생성되어 얼음 결정을 파먹으며 페르노크를 좁혀 갔다.

'연결은 끊었나.'

어둠의 근원을 맞상대했을 때처럼 바다에 개입할 생각으로 물의 마법을 끌어 올렸다.

하지만 소용돌이는 반응하지 않았다. 뱀이 놀랍게도 근원의 전투법을 학습한 것이다.

'30분.'

버블의 잔여 시간을 계산한 페르노크가 모든 마력을 개방시켰다.

일대의 공간이 페르노크 수중에 떨어지자 소용돌이가 허무하게 흩어진다.

뱀이 그 모양새를 살피더니 요사스러운 눈웃음을 지으며 바깥의 파도를 움직였다.

콰아아아아-!

바다가 사방에서 페르노크의 공간을 압박한다.

[이 바다가 나의 것인즉 너의 발버둥은 헛되었다.]

페르노크가 피식 웃으며 마력에 새하얀 색채를 더했다.

라키스 제국의 마도사 녹스.

그의 마도술 빛이 공간에 끼어들려는 물을 모두 증발시켰다.

찬란한 섬광에 눈이 멀어 버릴 것만 같아서, 뱀은 눈살을 찌푸렸다.

치지직-!

살점이 타기 시작했다.

빛은 사고보다 빨라 생각을 떠올렸을 때는 퇴로를 가득 채우고 있었다.

'공간 속의 공간.'

바다의 근원조차 접근하지 못하는 마도사의 영역이 뱀의 사고 회로를 가속화시켰다.

'저 탐스러운 힘으로 유지해야 한다.'

원료가 되는 마력을 꿰뚫어 본 뱀이 웃었다.

[인간의 능력으론 한계가 있는 법이지.]

뱀이 녹아내리는 허물을 벗어 던졌다.

순간 빛으로 가득 채워진 내부에 허물이 덧씌워졌고, 외부에서 바다가 칼날처럼 다듬어져 영역을 두들겼다.

쩌저적-!

껍질이 부서지듯 영역에 균열이 일었고 뱀의 꼬리가 사정없이 때려 부쉈다.

쾅!

빛이 고운 입자로 화하여 깨져 나갈 때마다 뱀의 미소

가 짙어졌다.

'이것이 놈의 마지막 발악일 터.'

빛은 그대로 용납했다간 뱀의 허물을 몇 번이고 녹여 심장까지 닿았을 위험한 마법이었다.

페르노크가 전력을 쏟아 부었으니, 당연히 이보다 더한 수단은 없을 거라고 뱀은 확신했다.

'아아, 탐스럽도다!'

페르노크의 주위를 수놓는 빛이 어쩜 이리도 먹음직스러운지, 뱀은 그의 능력과 기억까지 함께 학습할 생각에 군침을 흘렸다.

그때, 페르노크가 손가락을 튕겼다.

따악.

그 순간, 뱀의 세계가 일그러졌다.

눈 깜빡할 사이 뱀은 수면 위에 둥둥 떠올라 있었다.

[……?]

꿈이라도 꾸는 것일까.

어째서 페르노크가 하늘에 떠 있고, 자신은 바닷속이 아니란 말인가.

이해할 수 없는 현실에 페르노크는 다시 손가락을 튕겼다.

[몽환 Lv.7]
마력이 흡수된 대상의 사고에 개입한다.

최대 10초 동안 대상은 환상을 현실로 인식한다.

이때의 모든 오감은 환상에 머무른다.

페르노크는 처음 어둠의 근원에 마력을 흘려보냈다.

그때, 한 번의 사전 작업을 시도했다.

뱀이 차단하는 바람에 원하는 만큼의 마력은 스며들지 못했다.

그러나 두 번째.

빛의 마도술이 발동되었을 때, 뱀은 허물을 벗었고 순간 드러난 속살에 페르노크의 마력이 모두 달라붙었다.

몽환은 그 순간에 발동되었다.

마도술이 깨져 나간 순간부터 페르노크를 짓누르던 뱀의 모습은 모두 꾸며 낸 환상이다.

아주 짧은 순간에 치명적인 타격을 입히지 못할 거라고 판단한 페르노크는 뱀을 새로운 전장으로 이끌었다.

그에게 유리한 하늘로.

[조준 완료!]

[시작할까요!?]

만월을 등진 성에서 다급한 목소리가 터져 나왔다.

뱀을 수면 위로 끌어올린 건, 바로 껍질을 부숴 버릴 치명적인 일격을 가하기 위함이다.

아직 몽환에 취하여 물결 속에 파묻히지 않은 뱀을 페르노크가 무심히 가리켰다.

"발포."

마력섬광포를 배치하기 이전에, 부유성에는 한 가지 방어 기능이 존재했다.

그건 바다에 성을 띄웠을 때, 다른 자들의 침입을 막기 위한 자구책이며.

보들레아가 초기에 계획하여 코어의 에너지를 직접 빨아들이고 증폭시키는 연금술의 극의가 담겨 있다.

성의 모든 기능을 일시에 모아 성루 위.

솟아난 연금술의 표식에 집중, 증폭되어 발산되는 힘.

루인의 섬세한 마도 지식이 더해진 부유성 본래의 대전략병기가 마침내 라이오닉을 머금고 울음을 터트린다.

트라이던트 포스.

섬광의 기둥이 뱀을 집어삼켰다.

[……!]

소리조차 삼켜 버리는 압도적인 힘 앞에 뱀과 바다가 함께 짓눌렸다.

한순간, 바다에 거대한 구멍이 뚫렸다.

뱀은 밑바닥에 가라앉아 얕은 숨을 터트렸다.

몸에서 익어가는 연기가 나오고 비늘도 대부분 벗겨졌지만, 아직 눈은 죽지 않았다.

뿔도 건재하다.

바다가 다시 구멍을 채우면 뱀은 회복하여 날뛸 것이
다.

[추, 출력이 떨어집니다!]

두 발째는 불가능하다.

어디까지나 이것은 성의 마지막 자구책이었으니까.

하지만 상관없다.

뱀의 껍질이 벗겨진 순간, 페르노크의 관찰안이 수십
곳의 약점을 파악했다.

우우우우웅!

달빛보다 찬란히 빛나는 힘이 페르노크에게 모여들자
뱀은 한시도 잊지 못한 그 목소리가 떠올랐다.

"너는 실패다."

그 인간은 감히 자신을 창조했다고 여기며, 만족할 성
과를 얻지 못하자 그렇게 말하곤 떠나 버렸다.

뱀은 증명하고 싶었다.

자신을 버린 것들에게, 이 바다를 지배하는 힘이야말로
가히 신에 가까운 권능이란 사실을.

하지만 페르노크는 뱀을 비웃기라도 하듯 심장을 옥죄
는 매서운 기세를 떨쳤다.

"근원술사가, 근원에서 벗어나면 어떻게 되는지 아
나?"

장난감을 발견한 것처럼 씨익 웃는 양손에 저마다 다른 기운이 어렸다.

글러브를 쥔 주먹은 순환연동이 가동되어 오버 임팩트를.

다른 한 손엔 영력을 집약시킨 천벌이.

문득, 떠오른 생각이었다.

서로 다른 힘을 순차적으로 사용해도 지치지 않는다면 동시에 발동하면 어떨까.

영력과 아티펙트 그리고 마력을 다루는 페르노크이기에 가능한 발상이었다.

뱀이라는 단단한 실험대에 페르노크는 줄곧 품어 왔던 의문을 터트렸다.

쿠르릉, 콰아아아아앙!

주위의 에너지를 빨아들인 오버 임팩트가 제일 먼저 대기를 찢어발기며 낙하했고, 그에 추진력을 더하듯 천벌이 뇌전을 발산했다.

한데 모인 두 힘은 상충되지 않고 모두 뱀에게 쏘아졌다.

치이이익……

타는 듯한 소리가 바닷물에 삼켜져 희미해진다.

페르노크가 수면에 발을 디뎠다.

양팔이 저리긴 하지만 두 힘이 생각보다 서로를 보완한다고 느낄 무렵이었다.

수면에 방울이 일며 거대한 몸체가 둥둥 떠올랐다.

[끄어억…….]

몸의 절반이 새까맣게 타 버린 뱀이 고통스러운 울음을 토한다.

영롱하던 붉은 눈동자와 푸른 뿔이 빛을 잃어 가고 바다는 더 이상 뱀을 품지 않았다.

바다의 근원이 천벌에 갉아 먹혀 산산조각이 난 것이다.

"질기고 단단해. 너의 남은 몸체는 성의 소재로 삼겠다."

페르노크가 아티펙트를 대검으로 변환시켜 다 익어 버린 뱀의 머리를 찔렀다.

그리고 마지막 오버 임팩트를 터트리니, 뱀이 피눈물을 흘리며 쓰러진다.

대검을 뽑아 들자 갈라진 틈 사이로 뇌수가 흘러나왔다.

페르노크가 미동 없는 뱀의 몸을 훑었다.

관찰안에 시꺼먼 결정이 포착되자마자 망설임 없이 대검을 찔렀다.

살을 가르고 열어젖힌 그 안에 어둠의 근원이 담겨 있었다.

"……."

심장에 박힌 그것은 색이 바랜 반지였다.

[스승님. 자고로 군주란 위엄이 있어야 하는 법입니다! 제자들이 스승님을 돋보이게 할 선물을 준비해 왔으니, 실망하지 말아 주십시오!]

대륙의 절반을 집어삼킨 날.

제자들이 가공하여 선물했던 반지.

죽는 순간까지도 절망군주와 함께했던 흑요.

"이것 때문이었군."

페르노크가 천천히 흑요를 빼냈다.

당대의 가장 단단한 금속으로 만들어 쉽게 부서지지 않는다는 것 외엔 별다른 장점이 없는 반지다.

하지만 절망군주가 항상 끼고 다니며 근원을 발동할 때마다 반지에 어둠이 스며들었다.

절망군주의 잔재만 의도치 않게 흡수했음에도 반지에선 어둠의 근원이 흘러나온다.

오랜 세월이 흘렀지만 결코 꺼지지 않는 절망군주의 모습이 새삼 떠올랐다.

[내가 살아생전에 너희들을 만났다면, 모두 한 번에 심연으로 빠뜨렸을 거야.]

명계의 절대자들을 모아 놓고 당당하게 소리치던 절망군주가 생각나서 페르노크는 피식 웃었다.

'너의 제자들의 후손이 발견된다면 이 흑요를 선물로 주마.'

아직 남아 있는 근원을 이용해 어둠을 다스리는 방법을 일러 주는 것도 나쁘진 않을 듯했다.

페르노크가 웃으며 흑요를 주머니에 넣고 있을 때였다.

어느새 주위에 수천의 비늘족이 떠올라 있었다.

크레이드가 선두에서 믿기지 않는 표정으로 페르노크를 바라보았다.

"정말 신을 죽인 겁니까?"

"아직도 한낱 미물을 추켜세우다니, 어지간히 견문이 부족한 놈이로군."

페르노크가 뱀의 머리를 짓밟으며 소리쳤다.

"미물에 운명을 맡길 시간은 끝났다! 내가 너희들에게 더 넓은 세계를 안겨 주마!"

* * *

페르노크의 충격적인 선언에 비늘족의 각 부족장들이 크레이드 앞으로 몰려들었다.

크레이드는 뱀의 사체를 뒤로하며 덤덤히 말했다.

"나는 족장의 자격이 없다."

많은 의미가 담긴 말에 부족장들은 침묵하며 귀를 기울였다.

"선대의 많은 분들이 저 신에게 잡아먹혔고, 난 준비가 되지 않은 상태에서 너희들을 받아들였다. 그리고 신이 내린 힘을 은혜랍시고 일족의 번영을 위해 사용했지. 그 것이 독인 줄도 모르고."

"저희들도 알고 있었습니다."

"전쟁이 영원히 이어질 거라는 것도 다들 숙명처럼 받 아들였겠지."

"……."

"그걸 깨뜨린 게 저 인간이다."

부족장들이 뱀의 머리에 차분히 서 있는 페르노크를 보 았다.

"나는 신이 결코 무너지지 않을 절대적인 존재라고 여 겼지만, 인간에게 신이란 한낱 미물에 불과할 뿐이었다. 너희들은 상상이나 할 수 있었나. 저 하늘 위에서 우리를 내려다보는 성이 존재하리란 사실을?"

부족장들이 고개를 저었다.

"우리가 이곳에서 신을 받들어 모시는 동안 인간은 상 상도 하지 못할 진화를 이룩해 냈다. 이제는 아이들을 위 해 새로운 길을 개척해야 해."

"하지만 저런 인간이 다시 찾아올 리 없지 않습니까."

"아니, 한 번 뚫린 해협은 몇 번이고 길을 내주기 마련 이다. 저 인간이 오기 전에도 우린 이미 한 차례 인간을 받지 받고, 그자가 남긴 씨앗을 신처럼 떠받들지 않았나."

"……."

"격동하는 흐름에 저항하는 순간 우리의 아름다운 비늘도 꺾이고 부서진다. 지금은 순응할 때야."

"저 인간을 따라가면 전쟁을 피하지 못합니다."

"그럼에도 우리를 지켜 줬다는 사실은 변하지 않는다."

부족장들이 눈을 질끈 감으며 고개를 끄덕였다.

"우리에게 우호적인 인간을 다시 만날 기회가 언제 찾아올 거라 생각하나. 그리고 그 인간이 신을 죽일 정도의 강자일 수 있을까?"

크레이드가 단호히 고개를 저었다.

"아니. 이와 같은 조건을 가진 인간은 없다."

"족장께서 저 인간과 운명을 함께하실 겁니까."

"뜻이 같다면 뭔들 못하겠나."

침음을 삼킨 부족장들이 모두 고개를 끄덕였다.

"저희는 족장을 따르겠습니다."

"저 인간이 우리 모두를 죽일 수 있음에도 살려 줬다는 건 알고 있습니다."

"종족의 번영을 위해서 우린 새로운 물결에 올라타야 합니다."

크레이드가 쓸쓸하게 웃었다.

"고맙군. 그럼 각 부족의 설득을 맡기겠네."

"예, 족장님."

부족장들이 부족원들에게 향하고, 크레이드는 페르노

크에게 다가갔다.

"시간은 충분히 줬다. 결정은 내렸나."

"우린 그대를 따르겠소."

페르노크가 씨익 웃었다.

"잘됐군. 앞으로 할 일이 많을 거야. 우선, 뿔족과의 관계부터 회복시켜야지."

"각오하고 있습니다."

"부족은 앞으로도 네가 다스린다. 대부분의 결재는 내가 할 것이나, 부족의 시시콜콜한 일들까지 간섭하는 일은 없을 거야."

"감사합니다."

"앞으로 많은 일을 헤쳐 나갈 사인데 딱딱하게 굴지 말자고."

"알겠습니다."

페르노크가 피식 웃었다.

"우선 뱀의 사체를 육지로 옮기지. 땅굴족에게 해체를 맡길 거야. 비늘족에서도 솜씨 좋은 자가 있으면 합류토록 하고, 버블 하나만 내게 줘."

"아래로 내려가실 겁니까?"

"확인할 게 있어서."

크레이드가 버블을 주자 페르노크가 날름 삼켰다.

"섬에서 기다리도록."

비늘족들이 뱀에게 달라붙어 섬으로 이동하는 모습을

확인하고 페르노크는 다시 부서진 성지로 향했다.

*　*　*

판게모니움의 기록판.

흑요를 손가락에 끼고 석판에 손을 얹자 오래된 글자들
이 하얀 자태를 드러냈다.

[나는 이곳에 왔다.]

페르노크가 그리운 글자를 손으로 짚으며 한 자씩 음미
했다.

[이곳에 바다의 근원이 있었고, 물은 생명을 다루는 힘
이니, 마땅히 연구를 성공적으로 이끌 거라 믿었다.
성자의 제자 또한 마찬가지였다.
서로 어울릴 수 없는 우리는 스승님을 '부활'시켜야 한
다는 사명감을 가지고 바다의 근원을 연구하였다.]

성자와 절망군주의 제자가 어울렸다?
한데, 그것이 광휘에서 금기로 여긴 부활 의식?
예사롭지 않은 내용을 페르노크가 주의 깊게 살폈다.

[이곳의 바다는 아주 맑고 투명하여 생명의 토대가 되기 충분했다.

성자의 제자는 하늘의 은혜를 이곳에 씌웠고, 나는 바다의 근원을 다스렸다.

물의 고유한 성질에서 재생과 회복의 특성을 분리하는데 성공했다.

이를 광휘와 섞으니 잘려 나간 팔도 금세 재생되는 기염을 토하였다.

양극의 성질을 가진 우리의 연구는 하나로 합쳐질수록 궁극에 가까워졌다.

재생을 넘은 창조.

창조를 벗어난 죽음.

그를 극복한 부활.

이론은 순조로웠지만 결국 한 가지 고비를 넘기지 못했다.]

페르노크가 유독 하얀 글자를 살폈다.

[이곳에는 혼이 깃들지 않는다.]

그 구절엔 살짝 놀라고 말았다.

하계에서 말하는 부활은 죽은 자의 온전한 재생을 뜻한다.

뼈에 살이 붙고 육신이 완성되어 움직이는 과정을 성공이라 일컫고, 금기라 부르며 저지시킨다.

하지만 그 일련의 과정들은 모두 허울뿐인 연구에 지나지 않는다.

아무리 완벽한 육신을 만들어도 명계에 갇힌 혼은 절대 하계에 간섭하지 못하니, 그것은 빈껍데기에 불과하다.

'죽은 자가 아니고서야 깨닫지 못하는 섭리를 절망군주와 성자의 제자들이 깨달았다고?'

그 연구의 끝이 어디로 향하고 있을까.

흥미가 동한 페르노크는 발광하는 글자를 읽었다.

[어째서일까.

모든 것이 인형처럼 뻣뻣하다.

다시 연구가 진행되었고, 우린 또 다른 문제의 해답을 발견했다.

아드메이스.

그곳에 스승님들을 부활시킬 마지막 조각이 담겨 있다…….]

아드메이스.

들어 보지 못한 단어다.

무엇을 뜻하는지 좀 더 찾아보려 했지만 제일 하단 부분은 깨져 있었다.

[근원을 탐구하는…… 절대…….]

떨어져 나간 석판 조각이 발치에 닿았다.
페르노크가 조각을 들어 올렸다.

[……과오를 반복하지 마라…….]

후회가 담긴 글자를 보고 나서 이 석판의 주인이 누구
인지 알 수 있었다.

"라일."

절망군주의 마지막 제자.

흑요를 가공할 때, 누구보다 먼저 나섰으며 최후까지
생존했으나 재능은 비범하지 못했다.

기껏 심어 둔 씨앗을 발아시키지 못하고 어둠의 미약한
부분만 만졌으니까.

하지만 절망군주를 향한 집착이 과도할 정도라는 건 기
억에 남아 있다.

"성자의 제자들과는 어울리기 싫어하는 듯했는데, 한
배를 탄 건가……."

스승을 부활시킨다.

그 이론이 정말 성공했다면 명계의 절망군주와 성자는
지금쯤 대륙을 양분하고 있을 것이다.

그러나 그들은 실패했고, 무너진 채로 어딘가에 후손을

남겼다.

혹은 그 연구를 이어받은 후계자를 만들었을지도 모른다.

"아드메이스라, 일단 그곳을 찾아볼까."

페르노크는 석판을 가지고 성에 돌아갔다.

* * *

석판을 성의 안전한 곳에 두고 페르노크가 연구소장을 만났다.

"트라이던트 포스 때문인지, 라이오닉의 상태가 약간 불안정합니다."

연구소장의 말에 페르노크가 고개를 끄덕였다.

"그럴 테지. 뱀을 무력화시키려고 한계 이상의 출력을 뿜어 댔으니 잠시 쉬게 해 둬야 한다."

"하면, 언제 출항 계획을 잡으십니까?"

"이곳의 볼일이 끝나면 바로 가야겠지. 하지만 그 전에 소장은 잠시 해 줬으면 하는 일이 있군."

"예?"

"아드메이스를 조사하라는 말을 켈트에게 전하고 산맥에 돌아가도록 해."

"켈트가 누구입니까?"

"클락스 항구에 도착하면 바람꽃이라는 주점에 들어

가. 그곳에서 켈트를 만나러 왔다고 하면 그쪽에서 알아서 해 줄 거야."

"섬에 있는데 항구까지는 또 어찌 갑니까?"

"비늘족에게 얘기해 뒀으니, 당장 출발하도록."

페르노크가 싱긋 웃자, 어색한 미소를 짓던 연구소장이 결국 체념한 표정으로 비늘족을 따라나섰다.

그리고 성을 섬 주위에 착륙시킨 페르노크가 족장들이 기다리는 동굴로 들어갔다.

뿔족의 족장인 카티슈와 아들 마티.

그리고 비늘족의 족장인 크레이드 사이에 어색한 기류가 흐르고 있었다.

"인사들은 나눴나."

페르노크가 자연스럽게 들어가 상석에 앉자 자연스럽게 시선이 몰렸다.

"다행히 멱살 잡고 싸우진 않은 것 같군."

"전쟁은 끝났소. 앞으론 무엇을 해야 할지가 중요할 것이오."

"카티슈 족장은 우리를 용서했다. 앞으로 우린 뿔족과 함께 힘을 모아 가기로 약속했다."

뿔족의 분노는 의외로 비늘족이 아닌 그들을 부추긴 뱀에게 향했다.

뱀의 사체를 잘게 다지는 일에 뿔족이 앞장서서 나선 건, 지금까지 쌓인 울분을 털기 위함일 것이다.

"서로 합이 맞아 다행이군. 땅굴족까지 포함해서 앞으로 너희 종족 연합은 내 가신으로 활동한다. 각 부족의 통치권은 그대로 너희에게 줄 것이나, 내 하명 없이 멋대로 일을 저지르고 혼란을 초래한다면 그에 상응하는 엄벌이 있음을 잊지 말도록."

"족장에 대한 건, 나 말고 마티와 상의하시오."

페르노크가 카티슈에게 고개를 돌렸다.

"나는 섬을 지킬 때까지만 족장 직을 수행하려 했지. 그 이후는 마티의 세상이오. 처음부터 그대를 데려온 것도 마티였으니, 뿔을 걸고 한 약속을 이행하는 것 또한 마티여야겠지."

"그대는 이대로 물러나려고?"

"천만에! 용맹한 뿔족은 은혜를 잊지 않소! 선조의 혼이 깃든 이 땅을 지켜 주었으니, 나는 내 모든 용맹을 그대에게 바칠 것이외다."

비장한 표정으로 외치는 마티를 보며 페르노크가 웃었다.

"나는 모든 준비가 되어 있다! 약속대로 그대를 받들겠다!"

"아니, 내가 보기엔 아직 너무 많은 것들이 부족해."

"응?"

"뿔족도 비늘족도 이대로 세상에 내보냈다간 마법사의 먹잇감이 될 뿐이야."

부족의 자존심을 건드렸지만 아무도 반발하지 못했다.

페르노크의 압도적인 힘을 보았던 터라, 인간 세상에 대한 평가도 그의 판단에 맡겨야 했다.

그가 아니라면 아닌 것이다.

"하지만 너흰 인간이 가진 종족 고유의 특성이 있다. 내가 그것을 일깨워 주마. 설사, 저와 같은 미물이 다시 나타난다 해도 너희끼리 힘을 합치면 충분히 대항할 수 있을 정도로."

투지를 불태우는 족장들에게 페르노크가 주먹을 말아 쥐었다.

"우선, 그 체내에 잠든 마력부터 두드려 볼까?"

＊ ＊ ＊

마력은 마법사들이 타고나는 힘이다.

하지만 이 맑고 깨끗한 곳에서 나고 자란 이들은 놀랍게도 체내에 마력을 품고 있다.

단지, 그것을 마법으로 발현하지 못할 뿐.

마력 자체를 체내에서 돌리는 일은 얼마든지 가능했다.

페르노크는 마력강체술을 응용한 뿔족과 비늘족의 특성 강화에 집중했다.

"뿔족은 중무장을 해도 그 속도가 나오게 계속 신체의

마력을 집중해라!"

"비늘족은 꼬리에 순간적으로 마력을 돌려라! 그리하면 지금보다 몇 배 더 빠른 추진력을 얻을 거야!"

각 종족의 특성에 맞게 호흡법까지 전수해 주니, 백지장에 그림이 그려지듯 그들의 성장은 하루가 다르게 빨라졌다.

'틀이 잘 잡혔어.'

기본을 가르쳐 주고 자율 수련을 하게 만들었다.

잠시 눈을 뗐지만 그럼에도 그들의 마력은 엇나가는 일 없이 신체에 활력을 불어넣는다.

모든 경로가 올바르게 진행되자, 페르노크는 각 족장에게 심화 과정을 가르쳐 줬다.

그들을 일일이 살피며 마력이 꼬이지 않도록 세심히 지도한 결과.

한 달이 지나고서 카티슈와 마티 그리고 크레이드는 마력을 자유롭게 다루는 경지에 이르렀다.

"이 방식을 그대로 부족원들에게 전해라."

"알겠다. 그런데 이것이면 마법사들과 정면으로 붙어도 쓸어버릴 수 있나!?"

마티가 흥분해서 묻자, 페르노크는 단호히 답했다.

"어중간한 녀석들은 너희를 못 막는다. 하지만 5레벨 이상만 되어도 너희의 살가죽은 뚫리게 되어 있어. 그러니 땅굴족의 채굴을 도와주며 병장기를 갖춰 입어라. 명

심해. 병장기 없이 맨몸으로 마법사를 상대했다간 너희들은 모두 뱀처럼 타 죽어."

"아, 알겠다……."

"인간의 전쟁은 너희의 상상보다 더 잔인해. 그러니 방심하지 말고 수련에 정진하도록. 내가 부르면 언제든지 달려올 수 있게."

족장들이 굳은 표정으로 고개를 끄덕였다.

페르노크가 웃으며 짐을 챙겼다.

"그럼 다시 볼 때까지 완벽한 준비가 되어 있기를 기대하지."

이종족의 배웅을 받으며 페르노크는 성을 타고 통곡의 해협을 넘어섰다.

* * *

루인이 사용하려고 사들인 무인도에 성을 내려놓은 뒤, 페르노크는 일행과 클락스 항구에 내려섰다.

"너희는 땅굴족이 들키지 않도록 조심해서 산맥까지 가야 한다."

"예. 그런데 성은 어찌합니까?"

"조만간 루인이 갈 거야."

연구 직원들이 땅굴족을 마차에 숨겨 산맥으로 향했다.

그리고 페르노크는 바람꽃 주점에 들어갔다.

푸근한 인상의 남성이 카운터에서 맥주를 따르고 있었다.

"켈트를 보러 왔다."

"뉘슈?"

"친구."

별거 아닌 문답을 주고받으니, 사내가 일어서 밖으로 나갔다.

잠시 후, 수염이 덥수룩한 남자가 안으로 들어왔다.

"으허허허허! 오랜만이네! 그동안 잘 지냈는가!"

반갑게 다가오는 켈트와 손을 맞잡고 구석진 자리에 앉았다.

"여전히 지저분하군. 그러다 병 걸려 죽어."

"하하하, 걱정 말게. 요즘 워낙 즐거운 일들이 많아서 쉽게 죽기도 힘들어."

페르노크가 피식 웃으며 맥주를 건넸다.

"그래. 내가 보낸 사람과는 만났나?"

"음! 안 그래도 얘기 나눴네. 처음엔 영문 모를 소릴 했는데, 아니 이게 찾아보니까 아주 기가 막힌 거야."

"아드메이스를 찾았나?"

"다 같이 모여서 발견했네."

페르노크가 기대하며 물었다.

"무엇을 말하는 것인가?"

"어느 지역의 방언이야. 성스러운 나라라는 뜻이지!"

켈트가 맥주를 벌컥 비우며 씨익 웃었다.

"수백 년 전 아드메이스라고 불린 땅은 지금 성황국의 수도 아르모사가 되었네!"

* * *

서쪽으로 넓게 펼쳐진 광활한 평야에 탄압받던 신의 자식들이 모였다.

빛의 신 아루.

새벽의 신 레이크.

자애의 신 블룸.

각 신을 모시던 세 개의 교단이 화합하여 나라를 이루었다.

그곳이 현재 동쪽의 라키스 제국과 더불어 세상을 양분한다는 서쪽의 지배자.

삼교 화합의 나라인 성황국이다.

"성황국……."

리오가 예전에 성황국을 설명해 준 적이 있었다.

그곳은 라키스 제국처럼 세습제를 따르지 않는다.

각 교단에서 뽑힌 최고 사제들.

그중에서 제일 강한 7명을 신관으로 선발하여, 그들의 으뜸이 되는 대신관이 3교를 관리하니.

훗날 대신관은 교황이 되어 성황국을 통치하는 구조였다.

"다른 나라에서 유독 경계한다는 그곳 말인가?"

당연히 왕권과 귀족 파벌의 힘이 강한 여러 나라는 성황국을 좋아하지 않는다.

자국에 신전이라도 들였다간 백성의 민심이 넘어갈지도 모른다는 우려 때문에, 성황국과 관계 맺기를 꺼렸다.

"그래. 지금이야 성황국의 위세가 라키스 제국에 버금간다고 하지만, 초기에는 다른 나라와 좋은 관계를 맺어 갔지. 아드메이스는 그 이전의 지역명일세."

"성황국 이전……."

"삼교가 모인 터전이 아드메이스였고 그곳에 세워진 것이 성황국의 수도 아르모사네. 우리도 기록을 뒤적이며 겨우 찾은 오래된 얘기야."

"그 외의 다른 정보는 없나?"

"실은, 아드메이스를 조사하다가 협력자를 구했는데……."

켈트가 눈치를 살피기 시작하자, 페르노크가 상관없다는 듯 고개를 끄덕였다.

"……그게, 성황국의 기록 사제네."

"기록 사제?"

"성황국엔 세 부류의 사제가 있지. 복음을 전파하는 신성 사제, 나라를 수호하는 전투 사제, 그리고 남은 하나가 신전 서고를 관리하는 기록 사제라고 한다네."

"기록 사제와 접점이 있었나?"

"우리 연구팀의 역사학자께서 기록 사제와 개인적인 친분이 있었나 봐. 아드메이스를 조사할 때, 기록 사제의 도움을 받았지. 그리고 근원이란 말도 흘려 봤는데, 기록 사제가 재미있는 말을 들려줬어."

페르노크의 눈이 반짝였다.

"근원을 들어 봤다고 하던가?"

"아니. 근원인지 뭔지는 모르겠지만, 그쪽에서 사건이 있던 모양이야. 수십 년 전에 벌어진 일이고, 서고에서도 하나씩 사라지곤 있지만 그 형태가 우리 쪽에서 찾는 근원과 관계가 있어 보여."

"기록 사제는 뭐라 했지?"

"기사왕의 무덤에서 아발라에게 크게 데이지 않았나. 조심스럽게 접근하려고 말을 아꼈네. 자네가 허락한다면 기록 사제에게 근원에 관련된 정보를 좀 더 풀어 볼까 하는데, 어떻게 생각하나?"

믿을 만한 자인지 물어보진 않았다.

페르노크가 이미 결정을 내렸기 때문이다.

"직접 보고 판단하지. 신뢰할 만한 자라면 정보를 공유하는 대로 성황국에서 바로 조사에 착수하겠다."

"그럼 나도……."

"당신은 여기서 내가 주는 정보를 토대로 역사를 다시 되짚고 있어. 자칫, 일이 잘못되기라도 하면 당신까지 챙길 여유가 없거든."

수도 아르모사의 경계는 특히 엄중하다고 알려져 있다.

성황국 내에서의 소란은 곧 적대 행위로 간주되어 엄벌에 처해지는 만큼, 혼자서 움직여야 위험을 최소화시킬 수 있다.

"만약, 수도에서 근원이 발견된다면 충돌을 감수해야 해. 아발라 때와는 규모가 달라."

"으음, 아쉽군. 하지만 어쩔 수 없지. 기사왕의 무덤 때처럼 짐으로 달라붙는 건 내 쪽에서도 사양일세. 하하하!"

켈트가 웃으며 쪽지 한 장을 탁자에 올렸다.

"기록 사제의 이름은 아르민. 자애의 신 블룸을 숭상하며, 지금은 성황국의 프라실리아라는 지역 서고를 관리하고 있지. 그곳의 풍요라는 주점에 가 보게."

"주점? 사제에게 술이 허락되나?"

"하하하, 성황국이 무슨 고행을 수련하는 곳으로 생각하는가. 그곳도 다 사람 사는 곳이야. 다만, 아르민 사제는 조금 사제답지 않은 사제일 걸세."

"……?"

"술이 들어가면 호걸이 되거든."

"어떤 타입인지 알 것 같군."

켈트가 피식 웃으며 맥주잔을 들어 올렸다.

"이번 여정도 무사하길 기도하겠네."

"근원을 탐구하는 대로 새로운 정보를 가져다주지."

"우리의 잊힌 역사를 위하여!"

잔이 부딪치고, 두 사람은 날이 저물도록 근원과 광휘에 대한 얘기를 나누었다.

* * *

성황국은 수도를 중심으로 7개의 지역이 나뉘어져 있다.

각 지역은 3개교의 신전이 골고루 관리하는 중인데, 프라실리아는 자애의 신 블룸의 신도들이 많았다.

다른 나라에서 꺼리는 것과 달리 성황국은 외지인을 배척하지 않는다.

적당한 신분증을 만들어 제시하자. 쉽게 남쪽 지역 프라실리아에 들어섰다.

잘 닦인 길을 걷는 수많은 사람들의 얼굴에는 미소가 가득했다.

이곳이 얼마나 평화로운 곳인지 알 수 있었다.

"신의 은총이 모두와 함께하기를!"

"빛이 도래하였으니, 세상이 은혜로 충만할 것입니다!"

"형제자매님들 모두 오시어요!"

빛의 신과 새벽의 신을 모시는 견습 사제들이 거리를 돌아다니며 신도들을 모으고 있다.

외지인들도 발목이 붙잡혀 억지로 설명 듣는 모습을 보곤, 페르노크가 조용히 인파 속으로 몸을 숨겼다.

프라실리아는 성황국의 백성들이 거주하는 구역과 외지인들이 머무는 구역으로 나뉘어져 있다.

주점 '풍요'는 외지인 구역에 있었다.

"이런 니미럴!"

밖까지 욕설이 들릴 정도로 시끌벅적한 주점으로 들어섰다.

술통 위에서 두 사람이 팔씨름을 하고 나머지는 구경하는 중이었다.

모두 교단의 상징이 박혀 있지 않은 평범한 사람들이었다.

페르노크가 그들을 힐끗 살피며 점원을 불렀다.

"어서 오십시오! 혼자십니까?"

"일행이 오기로 했다. 주당이라고 하면 알 거라던데?"

"아, 혹시 키 큰 사제님 말씀입니까?"

"키가 큰진 모르겠지만 사제는 맞을 거야."

"히히, 이쪽으로 오십시오. 따로 예약해 두신 자리가 있습니다."

점원이 페르노크를 2층으로 안내했다.

다섯 개의 방이 있었고, 제일 끝 방에 들어섰다.

"사제님께서 손님이 오시면 음식 내어드리라고 하셨는데, 바로 준비해 드릴까요?"

페르노크가 고개를 끄덕이자, 점원이 문을 닫고 나갔다.

놀랍게도 1층의 소리가 완전히 사라졌다.

'상당히 은밀한 곳이야.'

창문 하나 없는 밀실.

중요한 대화를 나누기에 좋은 공간이다.

똑똑.

"음식 들이겠습니다."

점원이 문을 열고 예약해 둔 음식을 술과 함께 내왔다.

한가득 차려진 술상을 바라보고 있을 무렵, 자애의 신을 상징하는 심볼이 박힌 사제 옷의 키 큰 남자가 들어왔다.

바다를 닮은 푸른 눈동자에 고집이 느껴지는 두툼한 입매.

지나치게 발달한 근육과 남다른 영혼의 색.

그를 타고 흐르는 마력까지 발달해 있다.

"하하하, 먼저 기다리게 해서 미안하군. 아르민일세."

"역사를 탐구하는 페르다."

적당히 가명을 사용하며 악수를 나눴다.

아르민의 손바닥은 굳은살로 뒤덮여 있었다.

두 사람이 마주 보며 앉았다.

"듣던 것과 다르군. 기록 사제치곤 몸이 다부져."

"크하하하! 상상력이 빈약한 친구로군! 언제적 사제를 얘기하고 있나! 요즘 사제들은 농사도 짓고, 가여운 백성들을 업고 다닌다네! 체력은 사제의 필수 요소야!"

"하지만 마력도 상당한 것이 기록 사제론 보이지 않는군."

"그건 자네도 마찬가지지. 역사학도치곤 마력이 남다르군."

서로가 서로에게 웃어 보였다.

"그 친구한테 역사학도라고 들었네만, 자네 마법사지?"

"협회에서 나온 건 아니야. 얘기를 전한 것처럼 아드메이스에 관심 있어서 여기까지 단독으로 찾아왔어. 한데, 당신은 전투 사제 아닌가?"

"내 반짝이는 근육과 마력을 보고 다들 오해하곤 해. 하지만 난 기록 사제야. 마법은 타고난 부산물 정도지."

아르민이 잘 보라는 듯 손가락을 젓자 술잔이 허공에 떠올라 빙그르르 돌았다.

바람을 다루는 마법으로 보였다.

"보다시피 책 나를 때 유용하게 쓰고 있네."

"4레벨의 마법사가 기록 사제를 하고 있다니, 성황국엔 인재가 넘치는 모양이군."

"타고난 재능인 걸 어떻게 하나. 하지만 전투는 영 나와 맞지 않아서 모든 제안을 거절하고 지금은 신실한 자애를 따르고 있지."

아르민이 씨익 웃었다.

"이만하면 내 소개도 다 한 것 같은데, 여기까지 찾아온 일을 진지하게 의논해 보겠나?"

"아드메이스에 대한 추가 정보를 알고 싶군."

"그건 기본이고, 다른 한쪽도 나와 공유하는 게 어떻겠는가?"

"흐음."

페르노크가 팔짱을 끼고 아르민을 물끄러미 바라보았다.

켈트는 근원의 미약한 정보를 흘렸다고 했었다.

그것에 과민하게 반응할 정도라면 아르민도 뭔가를 알고 있다는 뜻이 아닐까.

"여기서 나눈 얘기는 절대 밖으로 꺼내지 않아. 내가 모시는 신을 걸고 약속하지!"

입이 가벼워 보이는 사내다.

신뢰를 보장받을 수 있을지 미지수였다.

그렇다면 아르민에게 유용한 가치가 있는지 따져 봐야한다.

얼마나 많고 필요한 정보를 가지고 있을지 페르노크가 살짝 떠봤다.

"아드메이스부터 듣고 싶군."

"성황국의 연혁을 쫙 불러 줄까?"

"아니, 어째서 아드메이스에 성황국의 수도가 세워졌는지가 궁금해."

아르민이 웃으며 고개를 끄덕였다.

"대부분은 아드메이스라는 말을 몰라. 세계 어느 역사를 따져도 아드메이스는 잊혔지. 나도 스승님께 아드메이스를 들었을 뿐이야. 하지만 스승님이 이런 말씀을 하시더군. 각 교단의 신관들이 성스러운 기운을 찾아서 모였으니, 그곳이 바로 아드메이스라고."

"성스러운 기운?"

"하늘에서 빛이 내려왔다고 해. 그건 마치 신이 신탁을 내리는 것과 같다고 했었지. 그리고 이런 말씀도 하셨어."

아르민이 술잔을 굴리며 추억을 회상했다.

"하늘의 기운이 모인 곳에 혼이 깃들고, 죽은 자와 산자의 세계가 역전되어 세상은 새로운 변화를 맞이할 거라고."

페르노크의 눈이 가늘어졌다.

"아드메이스는 경계선이라고 하셨지."

"경계선……."

"나도 그렇게만 들었어. 뭐, 신의 은총이 깃든 땅이라고 웅장하게 설명하려는 그런 종류가 아닐까 생각만 했었는데, 갑자기 그걸 찾는 사람이 있어서 놀랐지 뭐야."

아르민이 미소 지으며 페르노크를 응시했다.

"난 자애를 신봉하지만 속여 먹는 사람까진 용서하지 않아. 그러니 말해 줘. 진짜 찾고 있는 게 뭔지."

속내를 스스럼없이 말하나, 그 내용이 외부에 들리지 않도록 배려하는 섬세한 타입.

겉보기와 달리 은밀한 모습에서 언뜻 켈트가 겹쳐 보였다.

"어둠을 다스리는 마법사가 있다고 우리 쪽에서 말했었지."

"맞아. 내가 아는 어떤 사건과 비슷하더군."

"수십 년 전이라고 들었다. 정확히 언제쯤인가?"

"30년은 됐을 거야. 지금은 아마 서고에서도 사라졌겠지. 신전에서 기록을 은폐했거든."

"그럼 아무 정보도 얻지 못한다는 건가?"

"아니, 실은 내가 그 사건이 폐기되기 전에 빼돌렸지."

아르민이 씨익 웃었다.

"분명, 중요한 기록일 것 같은데 없애 버리려는 꿍꿍이가 영 석연치 않았단 말이야. 스승님께서도 내게 항상 기록은 좋은 것과 나쁜 것을 구분치 말고 있는 그대로 적으라고 하셨고. 난 가르침대로 행동했어. 그때의 기록은 지금 내가 가지고 있지."

신뢰할 만한 자인지는 아직도 확신할 수 없었다.

하지만 정보를 공유할 만한 가치가 있는 사람인 건 확실했다.

페르노크가 정보를 풀었다.

"그 마법사가 혹 어둠을 자유자재로 조종하진 않던가."

아르민도 본격적인 대화가 시작된다는 생각에 웃음을 거두고 진지하게 답했다.

"그것까지 기록되어 있진 않았어. 하지만 딱 하나, 예사롭지 않은 구절이 있었지. 당시의 사건을 목격한 신관들의 증언인데, 다들 이렇게 기록했어."

아르민이 낮은 목소리를 흘렸다.

"어둠이 빛을 지워 버렸다고."

그 순간, 페르노크가 탁자 아래로 내린 손을 말아쥐었다.

어둠의 마법은 상극이 되는 마법과 부딪힌 순간 충격이 발생한다.

하지만 절망군주의 근원은 만물을 삼키는 심연에 가깝다.

빛을 삼킨 어둠.

그것은 분명은 절망군주의 근원이 가진 특성과 비슷하다.

'존재한다.'

절망군주의 근원을 이어받은 자들이 성황국에 살아 숨 쉬고 있다.

* * *

"마법사들을 추격했나?"

페르노크가 감정을 추스르며 묻자, 아르민이 고개를 끄덕였다.

"신관이 포함된 추격대가 마법사들을 뒤쫓았지만, 결국 마법사를 붙잡진 못했어. 자넨, 왜 그게 궁금한가?"

"당신도 알다시피 우린, 사라진 역사를 되찾아 가는 중이야. 아드메이스와 어둠의 마법사는 역사의 한 편을 복원하는 중요한 단서가 될 거야."

"그건 꽤 흥미가 동하는걸."

아르민이 헛기침하며 페르노크에게 슬쩍 술을 권했다.

"나도 끼워 줄 수 있겠나?"

"이 일은 몹시 위험해. 가끔 생각지 못한 놈들이 끼어들어서 훼방을 놓거든."

"이미 경험한 것처럼 말하네."

"지독하게 겪었지. 하물며, 이곳에서 일어나는 일은 그보다 몇 배는 더 위험할 거야."

"하지만 내 도움 없이 성황국에서 원하는 단서를 찾긴 어려울걸?"

페르노크가 피식 웃었다.

"이쯤 경고했으면 물러날 법도 한데, 왜 굳이 우리 일에 깊숙이 끼어들려고 하는 건가."

"지금부터 일어날 일들은 다른 사제들도 기록할 수 있지. 하지만 사라진 역사를 기록하는 건 아무나 못 하는 일이야."

"특별한 존재로 남고 싶다는 거야?"

아르민이 고개를 끄덕였다.

"창세기 서고에 대해서 들어 봤나?"

"성황국 대신전에 있다는 서고 말인가."

"그래. 창세기 서고에는 아주 오래된 역사들이 기록되어 있지. 내 스승님의 기록도 그곳에 보관되어 있어. 하지만 아무나 그곳에 들어가진 못해. 그토록 특별한 곳에 내 이름이 적힌 기록을 남기고 싶어."

"확실히 쉽지 않은 일이군."

"뭔가를 얻으려면 그에 대한 대가를 치러야 한다는 것쯤은 나도 잘 알아. 하지만 사제라고 해서 욕망이 없겠나. 그런 꿈 하나를 품고 이 일을 완수해 나가는 거지……."

아르민의 눈망울이 꿈을 담은 소년처럼 반짝였다.

페르노크가 그 빈 잔에 술을 채워 넣으며 말했다.

"내가 허락하지 않은 일들을 절대 기록해선 안 돼. 그것만 약속해 준다면 나는 우리가 가진 정보를 공유해 줄 수 있다."

"크하하하하! 걱정 말게! 내가 신의 이름을 걸고 약속한다지 않은가!"

아르민이 흥분해서 건네는 술을 페르노크가 가볍게 털어 넘겼다.

순간의 동맹이 오래갈지 짧게 막을 내릴지는 아르민의 행보에 달려 있다.

                        *   *   *

  다음 날, 아르민은 페르노크의 숙소로 정보가 한가득
담긴 상자를 들고 왔다.

  "30년 전의 사건 일지야. 당시에 이를 사교도 수색이라
명명해서 용병들까지 동원했었지."

  "판을 크게 벌인 것치곤 잠잠하군."

  페르노크는 어제 아르민과 헤어지고 나서 30년 전의
사건을 따로 알아봤다.

  어둠의 마법사가 성황국의 수도 아르모사 한복판에서
신관과 사제를 습격했다.

  두고두고 회자될 만한 사건을 기억하는 이들이 없었
다.

  심지어 신전의 사제들까지 말이다.

  "누군가 의도적으로 묻어 두려 했겠지."

  "짐작 가는 사람이 있나?"

  아르민이 고개를 저었다.

  "그걸 모르니 내가 불안해서 따로 폐기될 자료들을 이
렇게 모아 두지 않았나. 아, 그런데 자료가 생각보다 많
아서 따로 정리해서 봐야 할 거야."

  "그건 내가 알아서 하지. 혹시라도 어둠의 마법사와 관
련된 내용이 있다면 바로 추가해서 알려 줘. 나도 정리가

끝나는 대로 정보를 공유하지.”

“성과를 냈으면 좋겠네.”

아르민이 웃으며 신전 서고로 돌아갔다.

페르노크는 숙소 한복판에 상자를 내려놓고 기록들을 꺼내 훑어보았다.

30년 전부터 지금까지 추린 내용들은 한눈에 담기 어려울 정도로 방대했다.

시시콜콜한 내용까지 적혀 있어서 모두 파악하기엔 시일이 꽤 걸릴 듯했다.

“흐음.”

기록을 살펴보던 페르노크가 바닥에 상자를 쏟았다.

어지럽게 흩어진 기록을 연도별로 새롭게 분류했다.

‘굳이 전부 굳이 전부 살필 필욘 없지. 어차피 이것들은 실패한 기록물이니까.’

30년 전, 사교도로 명명된 어둠의 마법사를 수도의 신관과 사제들이 추격했다.

용병들까지 동원해서 한 달 가까이 수색했지만 아무런 성과도 얻지 못했다.

‘실패한 기록은 잡다한 문서에 불과해.’

과거의 실패를 발판 삼아 미래로 나아가려는 교훈을 찾는 과정이 아니다.

기록들 사이에 굵직한 사건들이 어떤 분기점에서 서로 이어져 내려오는가.

어둠의 근원 사용자들로 짐작되는 절망군주의 후예들이 왜 수도 한복판에서 일을 키웠는가.

그들의 출현 목적, 이유, 일시…… 여러 가지 측면을 나눈 후 다시 그것을 초기, 중기, 후기로 분류했다.

방대했던 정보에서 한눈에 보기 쉬운 알짜배기들만 남았다.

'최초.'

페르노크가 사건의 시작을 살폈다.

대신전에서 밤보다 짙은 어둠이 치솟았다.

교황께서 대신전에 드리운 어둠을 직접 제압하셨으나, 새벽 신전까지 뻗어 나간 어둠을 지우진 못했다.

성황국의 역사상 가장 짙은 어둠이 새벽 신전을 삼켰다.

수많은 새벽 신도들이 죽어 나가니, 면벽을 깨고 은의 신관이 나섰다.

은의 신관은 성황국의 마도사다.

은빛의 마도술은 모든 자연계를 은의 색으로 물들인다고 하여 은의 신관이라 불렸다.

지금도 그 위명이 대륙에 널리 퍼져 있고, 다음 대의 대신관 후보라고 알려져 있다.

새벽을 환히 밝히는 빛조차 어둠에 삼켜질 무렵.

은의 신관이 장막을 찢고 나왔다.

팔 하나가 사라진 그에게 어둠이 속삭였다.

"나는 빛을 탐하지 않았다."

은의 신관이 분개하여 추격을 명하였으나, 어둠은 밤에 스며들고 자취를 감추었다.

이에 새벽 신전이 교황의 윤허로 성전을 선포하였으나, 이후에도 어둠은 나타나지 않았다.

하지만 새벽 신전은 수색을 멈추지 않았다.

페르노크가 어둠이란 글자를 손가락으로 훑었다.

'근원의 후예는 여러 명일 가능성이 높다.'

대신전과 새벽 신전을 동시에 급습했다는 기록으로 보았을 때, 어둠의 근원을 사용하는 자들이 제법 많다는 뜻이다.

심지어 교황을 상대하고 당시의 젊은 마도사였던 은의 신관의 추격까지 벗어났다.

'근원을 제법 다룰 줄 안다는 뜻인데, 그만한 실력자가 대신전에서 날뛰기 전에 파악하지 못했다는 건가.'

석연치 않은 구석을 느끼며 페르노크가 중기로 넘어갔다.

어둠이 잔재를 남겼다.

은의 신관이 직접 추격대를 지휘하여 잔재를 쫓았다.

그리고 지하수로에 드리운 어둠을 발견했다.

즉시, 수로를 봉쇄하고 어둠의 뿌리를 찾아 나섰다.

하지만 늦고 말았다.

어둠이 끊긴 자리에 아무것도 남겨져 있지 않았다.

은의 신관이 분개하여 말하기를.

"감히, 성스러운 곳에 어둠의 씨앗을 뿌렸으니, 이 더
러움이 씻겨질 때까지 결코 이곳에서 떠나지 않겠다고
하였다."

그리고 은의 신관은 처음 잔재가 있던 자리에서 3년을
머물렀다.

쉽게 정화되지 않는 근원.

은의 신관의 분노가 여기까지 전해지는 듯했다.

이후의 기록을 살펴보았지만, 중기에선 더 이상 특별한
구석이 없었다.

페르노크는 마지막 후기의 기록으로 넘어갔다.

잊어 갔던 어둠이 다시 잔재를 남겼다.

은의 신관이 불온함을 잠재우려 나섰다.

사제들은 감히 신관의 뒤를 따르지 못했다.

"어둠이 짙어 너희들 또한 죽게 될 것이다."

고결한 의지가 마침내 어둠을 씻어 냈다.
하지만 은의 신관은 여전히 불안한 모습이었다.

"아직, 우리 곁에 어둠이 머물러 있다."

어둠과 관련된 기록은 거기에서 끝났다.
나머지 기록들은 사태가 수습되고 잊혀 가는 상황을 아르민이 정리한 개인적인 소감에 불과했다.
'근원을 모두 말살했다면 여지를·남겨 두지 않았겠지. 은의 신관은 근원을 모두 해소하지 못했다. 그런데 이 사건은 왜 잊히는 걸까.'
대신관이 습격당했다는 치부가 담겨 있어서?
혹은 은의 신관이나 되는 사람이 팔을 잘리고도 오랜 시간을 들여서 겨우 잔재나 정화시켰기 때문에?
이해할 수 없는 상황들이었지만 이것 하나만큼은 분명했다.
어둠은 아직 살아 있다.
'30년 전에 수색을 멈췄다. 이걸 쫓아가려면……..'
페르노크가 사건들의 공통된 단어를 찾아냈다.

새벽 신전.

왜 굳이 대신전에서 교황을 맞닥뜨리고 은의 신관까지 상대하는 위험을 감수하면서 새벽 신전을 자꾸만 들락거렸던 걸까.

'근원이 탐하는 무언가가 새벽 신전에 있나. 하지만 절망군주의 씨앗을 이어받은 후손이 뭐가 아쉬워서 그런 위험을 감수하는 거지?'

페르노크가 자리에서 벌떡 일어났다.

자료를 다시 상자에 담아 아르민에게 가져갔다.

"왜 어둠이 새벽 신전과 얽혔는지 짐작 가는 바가 있나?"

"모르겠어. 하지만 굳이 새벽 신전을 노려야 한다면…… 그것이 은의 신관이 지키는 곳이라면……."

아르민이 조심스럽게 말을 이었다.

"……성물을 탐하는 게 아닐까?"

각 신전은 숭상하는 신을 기리기 위한 고유의 성물을 가지고 있다.

"성물은 신을 상징하는 것 외에 어떤 의미도 없지 않나."

"외부엔 그렇게 알려졌지. 나도 그렇게 생각하고. 하지만 신관들은 다르게 판단해."

"……?"

"성물에 아주 고귀한 힘이 담겨 있는데, 우리는 그것을 끌어내지 못한다더군."

아르민이 어깨를 으쓱했다.

"물론, 근거 없는 소문에 불과해. 가끔 각 신전에서 연례행사로 성물을 가지고 나오지만, 마법사인 내가 봐도 그저 평범한 물건에 불과할 뿐이야. 하지만 신을 모시는 사제들은 언제나 성물의 상징성을 받들어 모셔야 한다고."

"상징성을 더럽히려는 의미도 생각해 볼 순 있겠군."

"자넨, 어둠이 새벽 신전의 성물을 노린다고 믿는 건가?"

"확실하진 않아. 하지만 어둠은 이상하리만치 새벽 신전에 집착하고 있어. 지금 당장 어둠의 단서를 찾지 못하는 우리가 끄트머리라도 파헤쳐 보려면 새벽 신전부터 시작해야겠지."

"새벽 신전에 간다고 해도 뭘 발견할 수 있는데?"

아르민이 고개를 갸웃했다.

30년 전에 이미 끝난 사건이다.

지금까지 새벽 신전에선 어떤 소동도 일어나지 않았다.

그런데 이제 와서 새벽 신전에 간다는 것을 이해할 수 없었다.

"찾아보면 알겠지."

페르노크에겐 흑요와 기억이라는 방법이 있다.

만약, 어둠이 새벽 신전을 계속해서 집요하게 노리고

있거나 그와 관련된 흔적이 발견되는 즉시 흑요와 기억
은 반응한다.

"얌전히 기다리며 시간만 축낼 순 없잖아. 뭐라도 해
봐야지."

"그럼 잠시만 기다리게."

"⋯⋯?"

"새벽 신전은 깐깐해. 내가 함께 간다면 그나마 편하게
돌아다닐 거야. 순례 요청을 하고 올 테니 같이 가자고."

길잡이로 함께해 준다면 페르노크도 마다할 이유가 없
다.

고개를 끄덕이자, 아르민이 서고에 들어가 누군가와 얘
기를 나눴다.

잠시 후, 행장을 꾸린 아르민이 페르노크에게 다가왔
다.

"한 달 정도는 그곳에 머물 수 있어. 그 안에 되도록 일
을 마무리하세."

"새벽 신전의 성물이 보관된 장소는 어디인가?"

"마에이타라는 곳이야. 가는 데만 보름은 걸리니, 말을
빌리지."

아르민이 마구간에 신분패와 돈을 주며 말 두 필을 빌
려 왔다.

그리고 두 사람은 말을 타고 남쪽 대로를 따라 달려 나
갔다.

* * *

새벽 신도가 가장 많은 성황국 남쪽 지역 마에이타.

보름 동안 숨 가쁘게 달려 도착한 두 사람이 가볍게 목을 축이고 거리를 활보했다.

"신전부터 가겠나?"

"아니, 사건이 시작된 곳부터 살펴보지."

"그러면…… 아마 저쪽일 거야."

아르민은 사건을 기록할 때, 현장도 몇 번 오간 적이 있다.

새벽 신전에서 제법 떨어진 곳을 먼저 걸었다.

"여기에 어둠의 잔재가 있었다고 했던가."

지금은 흔적조차 남지 않았다.

바닥은 평평하게 다듬어져 있었고, 사람들은 이곳을 태연하게 걸어 다녔다.

"은의 신관은 여기서 1킬로미터가량 떨어진 거리까지 어둠과 다퉜다고 해."

아르민이 잔재를 기준으로 서쪽 대로를 걸었다.

1킬로미터를 조금 넘어서자, 언덕 위의 새벽 신전이 보였다.

"이 지점에서 기록은 모두 끊겨. 은의 신관이 어둠을 제압했다고만 하지."

오랜 세월이 흘렀음에도 새벽 신전이 잘 보이는 지점이다.

당시에 사투가 벌어졌다면 주위의 건물들도 죄다 부서졌을 테니, 새벽 신전으로 향하기에 이보다 빠른 지름길은 없을 것이다.

'새벽 신전…… 새벽…….'

결국, 저 안의 성물을 들여다봐야 하나라는 고민이 들 때였다.

[스승님!]

페르노크가 놀란 눈으로 뒤를 돌아보았다.

"왜 그래?"

순간, 기억이 환청처럼 들려왔다.

절망군주의 마지막 제자이자 최후의 생존자인 그의 목소리가 바로 옆에서 속삭이는 듯했다.

'흑요?'

주머니 속에서 까만 기류가 얇은 실처럼 흘러나왔다.

곁에 있는 아르민조차 눈치채지 못할 만큼 은밀한 근원이 거리를 지나 골목으로 들어갔다.

"……?"

그 순간, 페르노크의 관찰안에 새까만 무언가가 포착되었다.

* * *

페르노크가 골목 쪽으로 몸을 틀자, 새까만 무언가가 안으로 들어갔다.

"여기서 기다리고 있어."

"이봐, 어디……!"

페르노크는 관찰안을 발동시킨 채, 흑요의 근원이 옅게 이어진 골목 속에 들어섰다.

하수구 하나 없이 건물들만 세워진 골목은 반대편 길까지 뚫려 있었다.

관찰안에 포착된 새까만 무언가는 전혀 보이지 않았다.

하지만 흑요의 근원마저 자르진 못했다.

페르노크가 흑요를 검지에 끼우고 가볍게 주위를 훑었다.

옅은 실처럼 흘러나온 기운이 어느 건물 벽으로 향하고 있었다.

페르노크가 그 앞에 서서 벽을 가볍게 두드려 보았다.

텅 빈 소리가 되돌려 나올 때, 벽의 이곳저곳을 훑었다.

철컥.

평평한 면 하나가 쑥 들어간 순간, 지하로 내려가는 계단이 생겼다.

흑요의 기운은 다시 지하를 향하고 있었다.

페르노크가 계단을 밟기 무섭게 머리 위가 다시 거리의 벽으로 채워졌다. 그리고 아래에서 지하 특유의 쿰쿰한 냄새가 올라왔다.

페르노크는 계단을 성큼 내려갔다.

한 치 앞도 보이지 않는 어둠으로 가득했지만 페르노크의 관찰안은 그 속을 누비는 흑요의 기운을 정확히 포착했다.

기운을 따라 발을 디딘 곳.

계단이 끝나는 지점에 사람 둘, 셋은 걸어 다닐 만한 통로가 나타났다.

그리고.

캉!

페르노크가 등 뒤로 주먹을 뻗었다.

어둠 속에서 날카로운 무언가가 달려들었다.

'근원?'

흑요의 기운이 요동친다.

이건 분명 어둠을 다스리는 근원이었다.

그것도 아주 농밀하여 영혼에 장착된 모습이 관찰안에 선명히 포착된다.

'체구가 작고, 당황하지 않는다.'

어둠 속에 몸을 숨겨도 소용없다.

관찰안은 루인의 장막 속에서도 그를 정확히 파악했다.

하물며 주위가 어둡다고 한들, 그 속에 빛나는 혼을 놓칠 리가 없다.

그 혼은 작았으나 맑은 색을 띠었고, 심장 어림에 근원의 씨앗이 안정적으로 박혀 있었다.

체구로 보건대 아이로 짐작되었지만, 근원이 막혔음에도 당황하는 기색은 없다.

오히려 페르노크 쪽이 흥분하고 있다.

"찾았다."

통로에 목소리가 울려 퍼지자마자 아이는 다시 어둠을 움직였다.

아직 씨앗에 불과하여 어둠의 일부만 다스렸으나, 삽시간에 사방이 날카롭게 다듬어져 있다.

근원을 어떻게 다루는지 알고 있는 아이가 기특하여 페르노크는 가볍게 손을 털었다.

쾅!

"큭!"

처음으로 아이가 당황했다.

이 어둠 속에서 어떻게 자신을 정확히 구별하는지 모르는 듯했다.

"빌어먹을 종자가!"

페르노크가 피식 웃으며 손바닥을 앞에 펼쳤다.

순간, 빛이 터져 나오고 놀란 아이와 눈이 마주쳤다.

페르노크의 검지와 마주한 아이가 어둠을 들어 올린 상

태에서 멈칫했다.

"어?"

흑요에 감돈 어둠의 근원을 그제야 인식한 아이에게 페르노크가 기꺼워하며 그 이마에 손가락을 튕겼다.

따악!

아이가 뒤로 서너 번 구른 뒤에 간신히 몸을 일으켰다.

빨갛게 부어오른 이마를 만질 새도 없이 혼란스러운 눈빛을 보낸다.

페르노크가 빛을 확장시켰다.

3레벨의 주위를 밝히는 용도에 불과하였으나 그마저도 아이는 의아해했다.

"뭐야……?"

빛과 어둠.

두 가지를 모두 가진 페르노크를 이해할 수 없다는 듯이 쳐다본 순간, 빛에 이끌리듯 통로에서 다른 아이들이 튀어나오기 시작했다.

"마르코!"

"우리도 도울게!"

낡은 무기를 힘겹게 들고 오는 아이들의 심장 속에 각기 다른 근원이 박혀 있었다.

'뭐지?'

이상하다.

절망 군주는 마지막 제자에게 어둠의 근원을 심었다.

그 씨앗이 대대로 이어졌다면 지금 자신을 공격한 아이처럼 모두 어둠을 품고 있어야 정상이다.

그런데 다른 아이들은 불이며 물과 같은 근원을 심장에 씨앗처럼 박아 놓았다.

"기다려!"

어둠의 근원을 품은 아이, 마르코가 외치자 다른 아이들이 움찔했다.

"이 녀석 나와 같은 걸 품고 있어!"

"사제가 아니야?"

"몰라. 모르겠는데…….''

마르코가 몸을 일으키며 페르노크를 노려보았다.

"……당신, 우릴 죽일 생각이 없지?"

당돌한 태도에 페르노크는 웃음으로 화답했다.

"너희들은 누구이기에 나와 같은 근원을 지니고 있느냐."

그 순간, 아이들이 웅성거렸다.

"근원?"

"들었어? 근원이래!"

"보스 말고 근원을 가진 어른이 또 있었어!?"

"다들 조용해!"

마르코가 소리치자 아이들이 입을 다물었다.

아이들이 눈치를 살피며 마르코 뒤로 물러났다.

그리고 마르코는 대장처럼 앞장서며 페르노크에게 다

시 물었다.

"당신도 실험을 받은 거야?"

"실험?"

"시치미 떼지 마. 근원을 가지고 있잖아. 신관에게 얻은 거 아니냐고."

영문 모를 소리가 연달아 나오자 페르노크도 머리가 복잡해졌다.

"절망군주라는 이름을 들어 보았나?"

"그게 뭐야."

"라일이 누군지 아나?"

"그건 또 뭔데?"

빛이 휘청거렸다.

아무래도 긴 대화가 필요할 것 같았다.

* * *

페르노크가 적이 아니라고 말하며 마력을 거뒀지만, 아이들은 믿지 못하고 계속 경계했다.

그러자 마르코가 아주 명쾌한 답을 내놓았다.

"이 사람이 마음만 먹었으면 우린 모두 죽었어."

살려 준 건, 우호적인 생각을 가지고 있기 때문이라며 마르코는 아이들을 설득했다.

결국, 아이들이 무기를 내려놓자 마르코는 페르노크를

긴 통로로 이끌었다.

어두컴컴한 통로를 지나 햇살이 스며드는 넓은 공간에 이르렀다.

아이들이 쭈뼛거리며 각자의 자리로 돌아갔다.

낡고 허름한 이불이 놓인 것으로 보아 이들의 침실인 듯했다.

밝은 곳에서 다시 마르코를 살펴보았다.

햇빛을 받지 못한 듯 창백한 몸은 비쩍 말라붙어 뼈마디가 나오는데도 눈이 살아 있다.

"거기 앉아. 얘기나 하게."

당돌한 꼬마다.

"뭐 해, 싸울 생각 없다니까?"

마르코가 철통을 권하자 페르노크는 팔짱을 끼고 물끄러미 내려다보았다.

"앉는 게 싫으면 말고."

그러자 마르코는 퉁명스럽게 말하면서 대신 철통에 앉았다.

"이봐, 당신. 가만히 보기만 할 거야? 여길 어떻게 알고 찾아왔는지 얘기나 했으면 좋겠는데?"

절망군주와 라일을 모르는 아이.

그런데 어둠의 근원을 품은 이 묘한 상황 속에서 페르노크가 물었다.

"난 페르노크다. 보다시피 너와 같은 근원을 가지고 있다. 하지만 이상하군. 난 이 근원을 '라일'에게 전달받았다. 넌 누구에게 받은 것이냐."

"라일이 누군진 몰라. 그런데 실험을 받지 못했으면서 근원을 가진 사람이 '또' 존재한단 말이야?"

"실험?"

"당신, 정말 아무것도 몰라?"

"처음부터 얘기해. 하나도 빠짐없이."

"보아하니, 성황국 사람도 아닌 것 같은데, 우리가 하는 말을 믿을 수 있겠어?"

"그건 듣고 판단하마."

마르코가 한쪽 입꼬리를 쓰윽 말아 올렸다.

"내가 몇 살처럼 보여?"

"일곱."

"아니, 난 열아홉이야. 쟤들도 나랑 비슷해. 10년 전에 성장이 멈췄지. 그 망할 신관 놈 덕분에 말이야."

"……?"

"아무것도 모르는 것 같으니 잘됐군. 그럼 당신도 알아둬. 우리처럼 시한부로 살기 전에."

마르코가 씹어뱉듯 내뱉는 소리에 아이들은 침묵으로 호응했다.

"새벽 신전은 오래전부터 근원이라는 힘을 연구해 왔어."

"뭐?"

"놀랐어? 하긴, 근원을 자연스럽게 품은 사람은 모르겠지. 시설…… 그 실험실. 은의 신관이 새벽 신전 아래에 만들어 놓은 그곳에선 말이야. 근원을 강제적으로 이식하는 실험이 행해지고 있어."

페르노크가 놀란 눈을 크게 떴다.

'근원을 이식해? 어떻게?'

뱀이 크레이드에게 바다의 근원을 씨앗처럼 뿌릴 순 있다.

하지만 근원이 존재해야 그런 행위도 가능한 것이다.

'근원을 가진 신관?'

은의 신관이 라일의 후계이거나 후손일지도 모른다고 생각했지만, 이내 고개를 저었다.

이곳의 아이들은 어둠 말고도 다양한 근원을 지니고 있다. 라일의 후계라면 생각할 수 없는 일이다.

"은의 신관이 근원을 가지고 있어? 그게 말이 된다고 생각해?"

"우리에게 해답을 찾지 마. 은의 신관은 그저 자신이 근원을 찾았고, 이를 배양해서 우리에게 심었다고 입버릇처럼 말했거든."

근원을 배양한다.

절망군주의 기억 속에도 없는 낯선 정보다.

"놈은 자신이 만든 근원과 적합한 자들을 찾아내기 시작했어. 100명이 있었고, 우리 6명만 살아남았지. 그리고 우린 근원을 다루는 방법을 배워 나가기 시작했어. 그때부터 성장이 멈춰 버린 채 영원한 아이로 지내게 된 거지."

그 목소리는 서글픔보단 분노로 가득 차 있었다.

"보스를 만나지 못했다면 신관에게 부려 먹히고 있었을 거야."

"보스?"

"당신처럼 진짜 근원을 가진 사람."

페르노크가 놀란 눈을 크게 떴다.

"30년 전인가. 은의 신관의 팔을 잘랐다고 했었지."

최초의 사건.

교황과 새벽 신전을 습격한 어둠.

'설마······.'

페르노크가 흑요를 다시 마르코 눈앞에 보였다.

"그 보스라는 자가 이것과 같은 근원을 가졌더냐."

마르코가 고개를 끄덕였다.

"어두운데 따뜻한 점이 비슷해. 그래서 당신을 이곳에 데려온 거야. 보스랑 많이 닮았거든."

페르노크가 주먹을 말아 쥐었다.

'보스라는 녀석이 라일의 후계자다.'

당연히 아이들과 함께 있을 거라고 생각하며 페르노크가 물었다.

"보스는 언제 오지?"

"갇혔어. 결국, 은의 신관에게 붙잡혔거든."

"뭐?"

"우리가 10년 전에 근원을 다룬 뒤에 바로 어딘가로 투입되었어. 낯선 산이었는데, 그곳에서 보스를 만났지. 보스는 근원을 설명하면서 우리들이 도망칠 수 있는 길을 열어 줬어. 하지만 이미 쇠약해진 상태여서 신관에게 붙잡히고 말았지."

순간, 아이들이 살기를 내뿜었다.

이곳에 없는 은의 신관에게 향한 것이리라.

"본래 우리 안에 깃든 이 근원은 가짜야. 달에 한 번씩 신관에게 안정제를 받지 못하면 멋대로 폭주해 버리고 말아. 하지만 보스가 우리의 근원을 안정시켜 줬어. 우린 그분을 다시 찾기 위해 지금 여기 있는 거야."

마르코가 결연한 표정으로 말했다.

"보스는 지금 수도 아르모사의 비밀 연구실에 갇혀 있어. 그곳에 들어갈 방법을 찾았지만 정작 구출할 열쇠는 이곳에 있지."

"열쇠?"

"새벽 신전의 성물. 그게 있어야만 보스를 가둔 결계를 해제할 수 있거든."

페르노크는 비로소 난잡했던 사건이 하나로 정리되었다.

어째서 보스가 교황을 습격했는지 모른다.

하지만 그 이후 새벽 신전에 남겨졌던 어둠의 잔재들은

모두 마르코 일행의 소행이었다.

단지, 상징적인 성물을 탈취하기 위해서 줄곧 기회를 엿보고 있었던 것이다.

"보스는 살아 있나?"

"그분이 내 가짜 근원을 안정시켜 줄 때, 얕게나마 연결되었거든. 멀리 있어도 느낄 수 있어. 그분은 지금 살아 계셔."

"우린 보스를 구할 거야!"

투지를 불태우는 아이들을 둘러보며 페르노크는 무심히 말했다.

"새벽 신전의 성물을 탈취해서 성황국의 수도로 들어가 은의 신관이 지키는 그곳을 습격한다? 지금 이게 말이 되는 소리라고 생각하나?"

"은의 신관은 지금 자리를 비웠고, 우린 새벽 신전의 뒷길로 들어갈 굴을 파 놨어. 무려 10년에 걸쳐 완성된 비밀 통로지. 성물을 가져온 다음 수도에 잠입할 방법을 생각하면 돼."

마르코가 페르노크를 마주 보며 또렷이 말했다.

"우리를 그 시궁창 같은 실험장에서 꺼내 준 은인이야. 이대로 못 본 채 숨어 살아? 어림도 없지! 할 수 있는 건 뭐든 다 해야 해! 사람 새끼라면 도리를 알아야 한다고!"

페르노크가 깊은숨을 내쉬며 눈을 감았다.

'절망군주, 네 이놈⋯⋯.'

한 시대를 풍미한 절대자의 후예들이라면 넉넉하게 살고 있을 줄 알았다.

부족한 부분이 있다면 기꺼이 채워 주려 했는데, 누군가에게 휘둘려 사로잡히는 꼴이라니.

'……어찌하여 환생을 마다했는지 알 것 같구나.'

후예들의 나약함을 경계했다.

그들만큼은 절망이 없는 세상에서 살기를 바랐다.

소박하고 아련한 꿈을 후예들이라면 이어 나가리라 믿고 있었다.

그걸 확인하고 싶었을 뿐인데, 소소한 미래마저 꺾여 버릴지도 모른다는 생각이 페르노크의 화를 돋웠다.

'그들을 꾸짖는 것도, 보듬어 나가는 것도 마땅히 내가 해야 할 일진대.'

먼저, 반생자를 발견하였음에도 기꺼이 반생의 기회를 자신에게 넘긴 절망군주.

그의 후예를 한낱, 실험용 쥐새끼로 죽게 만들어 명계로 보낸다면, 자신을 믿고 희망을 꿈꿔 나가던 충직한 심복은 얼마나 비통에 잠겨 통곡할 것인가.

간신히 찾은 이 인연을 놓칠 수 없었다.

페르노크가 눈을 떴다.

"보스를 되찾을 수 있도록 도와주지."

마르코의 눈이 휘둥그레졌다.

"그런 일말의 희망을 노리고 내게 어지러운 과거를 애

기한 게 아니었나?”

“말이 통할 것 같은 사람이긴 했지.”

“나를 믿나?”

“당신은 처음 본 우릴 믿어?”

페르노크가 말없이 바라보자 마르코는 씨익 웃었다.

“보스가 그러더라고. 비슷한 근원을 가진 사람끼린 서
로 통하는 게 있다고. 난 당신이 가진 근원의 따스함을
믿어.”

마르코와 아이들은 오갈 곳 없는 처지다.

보스를 구출하는 일도 도박이라 생각할 것이다.

믿을 사람 하나 없는 성황국에서 근원을 가진 또 다른
이가 나타났으니, 지푸라기라도 잡는 심정일 수밖에 없
다.

“너희들의 불우한 과거는 내게 하등 가치가 없다. 하지
만 근원을 배양한다는 괘씸한 신관 놈의 작태와 보스의
존재는 꽤 흥미가 돋는군.”

신관을 향한 분노 속에 감춰진 간절함을 느끼며 페르노
크가 물었다.

“내 말에 절대복종할 수 있겠나.”

마르코가 단호히 답했다.

“보스를 구할 수 있다면 얼마든지.”

페르노크가 아이들의 투지를 훑으며 고개를 끄덕였다.

“새벽 신전부터 정리한다.”

* * *

페르노크는 마르코를 아르민에게 데려갔다.

"어디 갔다가 이제 오는 건가. 그 아이는 또 뭐고?"

"당신이 알아야 할 사실이 있어."

"응?"

"새벽 신전과 어둠의 이야기야."

인기척 없는 조용한 곳에 들어가 페르노크는 새벽 신전의 만행을 얘기했다.

근원과 실험, 납치.

"대낮에 술이라도 마셨나? 무슨 말도 안 되는 소리를 하고 있어."

아르민이 손사래를 치며 헛웃음을 터트렸다.

새벽 신은 생명의 앞날을 비추는 등불과도 같다.

미래와 번영을 소망하는 새벽이, 그것도 본 신전에서 입에 담기 힘든 실험이 자행된다는 사실을 누가 믿겠는가.

"농담이라도 그런 말 입에 올리지 말게. 이곳에서 맞아 죽어."

"내가 헛소리나 하자고 이 아이를 데려온 줄 알아?"

"이봐. 다른 신전을 비방하려고⋯⋯."

"이 아이에게 내가 말한 근원이 있다."

페르노크가 등을 밀자 마르코는 미간을 찌푸렸다.

정말 믿어도 되겠냐는 듯한 눈치였다.

페르노크가 고개를 끄덕이니, 마르코가 혀를 차며 손바닥을 펼쳐 보였다.

"어이, 사제. 한 번만 보여 준다."

"말버릇이 참 고약한……."

마르코가 근방의 어둠을 끌어모아 작은 콩알로 만들었다.

"……?"

아르민이 고개를 갸웃했다.

마력의 낌새를 전혀 느끼지 못했다.

그건 마치 그림자가 형태만 바꾼 것처럼 굉장히 자연스럽게 느껴졌다.

하지만 마르코가 손바닥을 꽉 움켜쥐자.

쿵!

콩알이 지면을 뚫고 동그란 형태를 남겼다.

살상력이 돋보이자 아르민의 얼굴이 굳어졌다.

"마력이 아니다. 네가 일지에 적었던 근원이 바로 이것을 뜻한다."

아르민이 손을 움찔거렸다.

반사적으로 대신전을 급습했던 어둠을 제압해야 한다고 판단한 것이다.

"실험의 피해자다."

이어진 말에 아르민은 굳어졌다.

"원치 않게 적합성을 띠고 은의 신관의 노예처럼 부려 먹혔지. 그리고 앞서 말했듯이 보스란 자를 만나 가쁜 삶을 연명하고 있어. 정작, 그 보스는 지금 수도 아르모사에 갇혀 있지만 말이야."

"이게…… 사실인가?"

"보여 줄 만큼 보여 준 듯한데?"

"혹 다른…….."

"무슨 상상을 펼치는지 몰라도, 눈앞의 진실을 외면하지는 마. 이 아이 말고도 다른 아이들이 다섯은 더 있다. 난 지금 위험을 무릅쓰고 자애의 사제에게 성토하는 거야. 새벽 신의 부정을 바로잡아야 한다고."

"……."

아르민이 어지러운지 미간에 손가락을 얹고 비틀거렸다.

보다 못한 마르코가 혀를 차며 몸을 돌리려 했다.

"이럴 줄 알았어. 이 사제 놈이 헛소리하기 전에 약속대로 처리할 거야."

"성급하게 굴지 마."

"이봐! 근원까지 보여 줬는데 우리 얘기를 못 믿는 사제를 뭘 믿고 살려 둬? 죽이지 않으면 우리 정체가 발설돼서 당하고 말 거야!"

"내 말에 절대복종. 벌써 잊었나?"

"하아아. 진짜!"

마르코가 팔짱을 끼고 고개를 홱 돌렸다.

마음대로 하라는 모습을 아르민이 흔들리는 눈동자로 살폈다.

"고결한 새벽이 어찌……."

"진실은 귀로 듣지 말고 눈으로 확인해라."

페르노크가 언덕 위의 새벽 신전을 턱짓했다.

"우린 실험실을 통해 성물이 안치된 장소로 숨어들어 작전을 시작할 거야. 당신은 사제들의 이목을 정문에서 붙잡아."

"……!"

"그럼 증명해 보이지. 이들의 말이 한 치의 거짓도 없는 진실이라는 것을."

새벽 신전의 성물을 탈취하도록 도와 달라는 말을 신의 사제가 어찌 받아들인단 말인가.

아르민은 저도 모르게 두 손을 붙잡고 자애 신의 이름을 속으로 되뇌었다.

'왜? 왜 새벽 신전일까?'

오래전부터 사건을 정리하며 줄곧 품어 왔던 의문이 신의 이름과 뒤섞였다.

'근원과 실험. 그 잔혹한 일이 정말 사실이라면.'

의문을 풀기 위해 페르노크를 따라왔다.

그 증인이 눈앞에 있다.

거짓일까, 진실일까.

신앙을 의심케 하는 발언이 아르민의 결심을 굳어지게 만든다.

'나는 자애의 사제로서 가여운 이들을 구해야 할 의무가 있다!'

또한 만행을 적어야 할 기록 사제의 책임을 다한다.

숭고한 사명과 의식이 아르민의 복잡한 머리를 정리했다.

"자네들이 단지 성물을 탐하여 벌이는 짓이라면, 나는 성황국에 모든 진실을 알리고 자네들을 벌하는 데 앞장설 것이네."

"내겐 자애 신이 새벽 신을 몰아치는 장면만 상상되는 군."

페르노크가 마르코에게 고개를 끄덕였다.

"사제랑 협업이라니. 생각만 해도 구역질 나는데…… 젠장."

아르민의 협력이 더해진다면 작전의 성공률이 높아진다.

은의 신관이 자리를 비웠다곤 해도 새벽 신전은 여전히 삼엄한 경계를 자랑한다.

내부에서 파고들어도 마찬가지다.

한 줌의 마력이 흘러나온 순간 새벽 신전은 침입자를 호되게 몰아붙일 것이다.

"언제 시작할 거야?"

페르노크가 저물어가는 석양을 바라보며 답했다.

"오늘 자정. 구름이 달을 가릴 때."

* * *

새벽 신전 주위가 횃불로 밝혀지는 어두운 시간에 아르민이 성큼 걸어갔다.

'아닐 거야. 아니겠지. 하지만 맞으면? 페르의 말이 진실이라면!?'

번뇌가 가득한 얼굴로 새벽 신전의 정문을 두드렸다.

경비를 서던 사제 한 명이 다가와 물었다.

"자애 신의 사제 아니십니까. 여긴 어쩐 일로?"

"새벽 신의 은총이 성황국을 미래로 인도하길. 늦은 시간에 불쑥 찾아와 죄송합니다. 제가 지금 갈 곳이 없어 감히 하룻밤을 청해도 되겠습니까?"

"아니, 사제나 되시는 분께서 오갈 곳이 없단 말입니까?"

"이곳에 오는 길에 가여운 아이들을 만나서……."

"허어."

새벽 사제가 혀를 차며 고개를 저었다.

자애의 사제들은 불의와 궁핍함을 참지 못하고 항상 도와주곤 한다.

다른 신의 사제들이 보기엔 쓸데없는 오지랖이지만, 자애의 사제들은 그것이 신의 신실함을 따르는 길이라 믿는다.

'거지에게 적선이라도 했나.'

아르민의 허름한 차림새를 힐끗 살핀 새벽 사제가 고개를 끄덕였다.

새벽은 빛과 대립하는 관계다.

하지만 자애는 둘 사이의 중립을 표방한다.

굳이 내칠 필요가 없는 것이다.

"숙소 하나가 비어 있으니 그곳에 머무시지요."

"감사합니다. 하면, 신관님께 먼저 인사부터 올리겠습니다."

"그러지 않으셔도 됩니다."

"아닙니다. 아무리 그래도 머물 곳을 제공해 주시는데……."

"신관님께선 지금 수도에 계십니다. 그러니 조용히 머물다 가십시오."

"아! 그렇군요. 알겠습니다. 거듭 은혜에 감사드립니다."

"같은 사제끼리 못 본 체할 수 있나요. 부담 가지지 마시고 안으로 드시죠."

새벽 사제가 웃으며 아르민을 신전 안에 들였다.

언덕 아래의 마을이 한눈에 보일 정도로 웅장하고 큰 규모에 새삼 놀라며 생각한다.

'정말, 실험이 있다면 이리 친절한 사람들이 못 봤을 리가 없을 텐데…….'

고민도 잠시.

신전 안을 돌아다니는 고위 사제들을 본 순간 아르민이 그 자리에 주저앉았다.

"아이고, 배야!"

"……?"

"배, 배가 너무 아픕니다!"

"예?"

새벽 사제가 당황하고 지나가던 고위 사제들이 이쪽으로 다가온다.

"무슨 일입니까."

"아! 그게 자애 신의 사제께서 하룻밤 묵을 곳을 청하여 잠시 모셨는데……."

"나 죽네! 나 죽어!"

아르민이 고위 사제의 바짓가랑이를 붙들었다.

"살려 주십시오! 배가 찢어져 죽을 것 같습니다!"

"아, 아니. 이게 무슨……."

당황한 고위 사제가 떨쳐 내려 할수록 아르민은 악착같이 달라붙었다.

'거짓말이기만 해 봐. 내가 절대 가만 안 둬!'

페르노크에게 이를 갈며 아르민은 본인이 할 수 있는 최대한의 몸부림을 치기 시작했다.

"아이고! 사제님들! 저 죽습니다!"

"어, 어서 안으로 데려갑시다!"

"사제니이이이임!"

"이것 좀 놓고! 아니, 좀 일어나요!"

어떻게든 땅바닥에 붙어 움직이지 않으려 하자, 소란을 듣고 사제들이 모이기 시작했다.

* * *

신전 외부엔 마력을 감지하는 결계가 펼쳐져 있다.

운 좋게 감지당하지 않고 신전 내부에 들어서도 고위 사제들이 문제다.

그들은 7레벨 전투 사제들이다.

은의 신관이 없어도 그들만으로 본 신전을 지키기엔 무리가 없다.

'움직였다.'

고위 사제들의 마력이 한쪽으로 쏠리는 것이 느껴진다.

'촘촘했던 감시망에 틈이 생겼다.'

고위 사제들은 일정한 간격을 두고 순차적으로 움직인다.

그 마력들은 서로 끈끈하게 이어져 있으며 결계 같은 역할을 한다.

새벽 신전에선 이를 팔망진이라 부른다.

아르민이 정문에서 소란을 피워 준 덕분에 한 축을 담당하던 고위 사제가 자리를 벗어났다.

그 아래.

아이들이 10년 동안 파 놓은 비밀통로를 빠르게 움직였다.

'여기까진 결계가 닿지 않는군. 감시는 지상뿐인가.'

혹시나 걸릴지도 모른다고 생각했지만 쓸데없는 우려였다.

지하에 실험실을 만들었다.

그 사실을 모르는 자들에게 들키지 않으려면 결계의 확장 범위를 지상으로 한정해야 했을 것이다.

'영민한 놈이군.'

마르코는 은의 신관의 습성을 정확히 꿰고 있었다.

그러니 신관이 신전에 머물고 있을 때도 통로를 만든다는 배짱을 부린 것이다.

처음 만날 때부터 느꼈지만 상당히 대담한 녀석이다.

'죽어도 상관없다는 모습.'

어딘가 삶에 달관한 듯한 태도가 그다지 기껍게 보이진 않았다.

"이 위야."

마르코가 통로의 끝에 들어서 윗부분을 가리켰다.

다른 아이들은 데려오지 않았다.

사람이 많을수록 일에 차질이 생기기 때문이다.

우웅.

흑요에서 근원이 옅은 실처럼 흘러나와 위쪽에 스며들었다.

다른 근원들이 존재한다는 생각이 들자마자 페르노크가 조용히 손을 뻗었다.

작은 구멍이 천장에 뚫렸고, 두 사람이 위로 몸을 날렸다.

"여전하네."

마르코가 입매를 뒤틀었다.

사람 한 명 없었지만, 인기척 비슷한 것이 주위에 널려 있었다.

거대한 플라스크였다.

그곳에 색색의 구슬이 담겨 있었고 살색의 점액질이 달라붙어 감싸려 하는 모습이었다.

"빌어먹을."

마르코가 플라스크를 안쓰럽게 바라보았다.

"이미 잡아먹혔어."

그게 어떤 의미인지 설명하지 않아도 알 수 있었다.

관찰안에 선명히 보인다.

구슬에 담겨 있는 여러 영혼들의 모습이.

"저 구슬이 배양된 근원일 테고, 저 점액질은 뭐지?"

"근원을 받아들이지 못한 사람."

마르코가 씹어뱉듯 말했다.

"저들은 본래 나와 같은 모습이었어. 하지만 근원이 거부한 순간, 적합성이 상실된 자들은 모두 저렇게 변해. 모든 것이 상실된 살점 덩어리로……."

"근원의 양분이군."

영혼조차 오가지 못하게 가둬 버리는 감옥이었다.

근원의 부정적인 것들만 모아 놓는다면 저런 형태가 되지 않을까.

페르노크는 근원에 갇혀 절규하는 혼을 바라보았다.

'뱀.'

어딘가 비늘족을 먹이로 삼던 뱀의 모습과 닮아 있었다.

"당신의 근원으로 어떻게 못 살려?"

"근원은 만능이 아니다. 이미 죽어 버린 자를 되살릴 방법은 없지. 그러나 고통 속에서 구원할 순 있다."

누군가의 기척이 들려왔다.

"관리자가 있었나."

마르코의 근원이 지면을 타고 모습을 드러내는 사제에게 향하려 할 때.

"누구……?"

목소리가 울리기 전, 페르노크가 그 목을 붙잡아 비틀어 버렸다.

축 늘어진 시체를 플라스크 속에 던져 버리니 근원이

힘을 발하여 살점 덩어리로 만들어 삼켜 버린다.

"하나도 살릴 필요가 없는 쓰레기들이군."

페르노크가 마력을 끌어 올렸다.

성물이 안치된 곳은 팔망진의 가장 깊숙한 곳.

아르민이 고위 사제의 시선을 붙잡아도 그곳에 이르기란 몹시 험난하다.

하여, 한 가지 방법을 더 추가했다.

이 실험실을 터트려 팔망진의 시선을 모두 폭발에 붙잡는다.

'고위 사제가 관여되지 않았을 리 없지.'

신전 지하에 실험실이 만들어질 정도라면 은의 신관을 따르는 무리가 있을 터.

고위 사제 중에 반드시 실험실을 진정시키려는 자가 나올 것이다.

페르노크가 근원에 갇힌 영혼들과 마주하며 손을 올렸다.

"저 위는 그리 춥지 않을 거야."

낮게 읊조린 페르노크가 푸른 불꽃을 실험실 한복판에 터트렸다.

모든 플라스크가 터지고 그 속에 배양되던 근원들이 몸부림치듯 반발할 때, 주먹에서 섬광이 터져 나왔다.

오버 임팩트가 근원을 산산이 부숴 버린 순간, 갇혀 있던 영혼이 해방되어 명계로 승천했다.

그리고 응축되었던 근원이 모두 폭발하여 실험실을 넘어섰다.

콰아아아아-!

색색의 영롱한 광채가 고요한 새벽 신전을 뒤흔들었다.

* * *

팔망진의 중심.

성물 근처에서 예배를 올리던 사제장이 눈을 부릅떴다.

콰아아아아아아!

신전 동쪽, 공물을 바치는 제단 아래에서 형형색색의 빛들이 솟구쳤다.

팔망진을 뒤흔든 그것을 느낀 사제장은 오싹함을 느꼈다.

[심상치 않구나! 무엇이냐!]

팔망진으로 연결된 고위 사제들에게 당혹스러운 호통이 전달되었다.

[모르겠습니다.]

[마력은 아닙니다.]

[생소한 것이 아래에서 터져 나왔습니다.]

그때, 다른 세 명의 고위 사제가 다급히 외쳤다.

[제가 가 보겠습니다!]

[형제들은 기다려 주시게!]

[소란이 일지 않도록 통제해 주시길!]

그들, 세 명의 고위 사제는 저 빛의 정체를 알고 있었다.

'실험실이 있는 방향이다!'

'근원?'

'플라스크가 폭발했나?'

은의 신관을 따라 동쪽과 남쪽에 배치된 세 명의 고위 사제들은 유사시 실험실을 통제하는 역할까지 떠맡았다.

다른 고위사제들은 이 사실을 모른다.

'실험실이 알려져선 안 된다!'

'젠장, 신관님께서 안 계신 때에 대체 무슨 일이 벌어진 거야!'

'어서 수습하지 않으면 사제장이 눈치채겠군.'

세 명의 고위 사제들은 전투 사제들을 모두 물렸다.

"사건이 파악되기 전까지 너희는 주위를 통제해라!"

"더 멀리 떨어져!"

"신전의 수습 사제들을 챙기도록!"

겉으론 누구보다 신전을 위하는 척 행동하지만, 실험실이 들키진 않을까 우려하는 기색을 애써 감춘다.

하늘까지 치솟던 근원의 빛이 끊겼다.

제단 아래에 뚫린 거대한 구멍으로 세 명의 고위 사제가 접근한 그 순간.

서걱!

살육음에 두 고위 사제가 반응했다.

황급히 뒤를 돌아본 두 사제의 발치로 누군가의 목이
굴러떨어졌다.

"칠 사제!"

"연!"

이곳에 함께 온 고위사제 연의 몸이 앞으로 쓰러졌다.

그 뒤에 무심한 표정의 누군가가 서 있었다.

"근원이 터지자마자 팔망진을 버리고 달려온 고위 사
제 3명."

페르노크가 마력을 흘리자, 살결에 소름을 돋게 만드는
서늘함에 두 사제가 바짝 긴장했다.

"너희가 은의 신관과 실험실을 관리한 버러지들이겠
군."

곳곳에서 푸른 불꽃이 터져 나왔다.

'화염을 다루는 마법사?'

'7레벨? 눈앞에 있는데 왜 기척이 안 느껴지는 거지?'

두 사제가 마법을 발동시켰다.

한 명은 몸이 거대해졌고, 다른 한 명은 전신에 단단한
금속을 둘렀다.

7레벨 육체 강화 계열 마법사들이 푸른 불꽃을 무시하
고 페르노크에게 달려들었다.

"애꿎은 사제들을 죽일 생각은 없다. 하지만 네놈들은
사제가 아니니 상관없겠지."

살기를 억누른 목소리가 두 사제의 귓가를 스친 순간.

퍼퍼퍼퍼펑!

허공에 떠오른 불꽃들이 일제히 터졌다.

몸이 흔들리긴 했으나 심부까지 타격을 받지 않았다.

"……?"

그러나 두 사람은 동시에 무릎 꿇었다.

"쿨럭!"

검게 죽은 피를 함께 토해 냈다.

그리고 두 사람의 살가죽에 검은 핏줄이 돋아나 얼굴까지 이어졌다.

'독?'

심장을 옥죄는 고통의 정체를 깨달았을 땐 늦었다.

암부의 다섯 별.

그 수장이 지닌 7레벨 마법, 데드 메이스.

이것은 모공을 타고 체내에 침투하여 순식간에 적을 중독시킨다.

불꽃으로 태우지 못하는 이 마법을 페르노크가 푸른 불꽃에 섞어 함께 터트렸다.

두 사람이 화염을 막으려 팔을 뻗은 순간, 불꽃은 사라지고 독이 모공에 침투하여 심장까지 퍼진 것이다.

"더…… 블……?"

두 사람이 눈을 까뒤집으며 즉사했다.

페르노크가 떠오른 영혼의 마력과 영력을 흡수했다.

7레벨 마법사 3명분의 힘이 전신에 스며들자 피곤함이

싹 가셨다.

페르노크는 어둠을 힐끗 보며 말했다.

"움직여라."

어둠이 알겠다는 듯 신전 주위를 돌기 시작하자 페르노크는 바로 성물이 있는 중심부로 향했다.

* * *

빛이 터진 순간, 아르민은 목격했다.

'저건……'

분명 마르코가 가진 근원과 흡사한 힘이 느껴졌다.

"진짜…… 였어……?"

저도 모르게 연기를 그만뒀지만 아무도 그 사실을 눈치채지 못했다.

사제들의 시선이 모두 빛에 머물렀기 때문이다.

"저게 뭐야?"

"제단이 있는 곳 아니야?"

"부, 불!?"

신전에 경계령이 울려 퍼지고, 사제들이 바쁘게 움직였다.

견습 사제들까지 투입되어 단단히 무장하는 와중에 다급한 소리가 울려 퍼졌다.

"침입자다!"

"침입자야!"

목소리가 메아리치듯 곳곳에서 들려왔다.

그리고 팔망진의 한 축을 담당하는 고위 사제가 낯빛을 굳혔다.

중심의 사제장에게서 결코 들어선 안 될 목소리를 들었기 때문이다.

"어둠이…… 들어섰다고……?"

아르민이 마른침을 꼴깍 삼켰다.

'이 짧은 순간에 성물이 안치된 신전 중심부에 들어섰단 말인가!'

혼란스러웠던 머리가 말끔하게 정리되었다.

마르코의 말이 사실로 증명된 순간, 그가 해야 할 일은 한 가지뿐이었다.

"고위 사제를 붙잡은 뒤에 우리가 움직이면 당신도 거기서 빠져나와. 우리가 얘기해 둔 합류 지점에 온다면 앞으로 뜻을 함께하는 것으로 간주하겠어."

아르민은 사제들의 시선이 페르노크에게 쏠린 틈을 타서 조용히 새벽 신전을 나왔다.

그리고 페르노크가 말한 으슥한 골목길에 들어섰다.

다섯 아이가 기다리고 있었다.

"너희들이 마르코의 친구들이니?"

"당신이 아르민이야?"

아르민이 고개를 끄덕였다.

"내가 그 사제란다. 이곳에 경계령이 퍼진 이상 신전 상황이 수습되는 대로 검문이 시작될 거야. 나를 따라 여길 빠져나가자꾸나."

"하지만 마르코가 아직 저기에 있어."

"괜찮아. 바깥에 페르와 만날 장소를 따로 마련해 뒀다. 거기서 기다리면 두 사람이 찾아올 거야."

망설이던 아이들이 거리의 병사들을 보곤 고개를 끄덕였다.

아르민이 아이들을 이끌고 사제 신분을 활용하여 성을 빠져나갔다.

* * *

페르노크는 신체를 뒤틀었다.

한층 비대하게 부풀어 오른 모습에 검은 천으로 코까지 완전히 덮었다.

감쪽같이 변장한 그가 거침없이 신전을 누볐다.

"침입자다!"

고위 사제 3명을 죽였다.

그들 말고도 은의 신관과 협력한 자들이 분명 존재할 것이다.

하지만 이 숨 가쁜 상황에서 느긋하게 누가 연루되어 있는지 구분할 순 없었다.

'실험실을 터트렸으니, 조사가 들어가면 자연히 관계자들이 처벌될 터.'

애꿎은 사제들까지 휘말리지 않도록 적당히 힘을 조절했다.

지금의 목표는 성물을 탈취하는 것이지, 신전을 피로 물들이자는 게 아니었으니까.

크그그그긍!

전투 사제들을 가볍게 무너뜨리며 나아갈 무렵, 곳곳의 석상들이 생물처럼 움직이기 시작했다.

"거리를 두고 포위망을 형성해라!"

무생물을 조종하는 특이계 마법사.

새벽 신전의 고위 사제들 중 세 번째로 강하다는 뮬트가 분명하다.

'서쪽의 팔망진을 담당하는 고위 사제가 이곳까지 왔다면, 중심의 사제장도 움직였겠군.'

페르노크가 아티펙트를 창의 형태로 바꿔 머리 위로 날아오는 새의 석상을 찔렀다.

후웅!

가벼운 무언가가 석상과 창 사이를 파고들어 경로를 뒤틀었다.

새가 하늘에 치솟았고, 창은 땅에 떨어졌다.

"뮬트!"

"7레벨 마법사야! 시간을 끈다면 신전이 무너질지도 몰라!"

또 한 명의 고위 사제가 합류했다.

고위 사제들 중 마법이 제일 안 알려진 모한이라는 사내였다.

'한 명 더 숨어 있다.'

페르노크는 아직 기둥 뒤에서 모습을 드러내지 않은 그자를 경계했다.

은의 신관이 자리를 비워도 상관없을 만큼 신전을 지킬 만한 역량을 가진 실력자가 이곳을 주시한다.

'할 수 없군.'

경계령이 울려 퍼져 병사들까지 몰려오는 상황.

적당히 힘을 아껴 전투 시간이 길어질수록 쓸데없는 것들이 말려들 가능성이 높다.

페르노크는 창대를 지면 아래로 뉘었다.

쾅!

그 순간, 사자의 석상이 대지를 박차며 거대한 아가리를 벌렸다.

동시에 페르노크의 뼈마디가 삐걱거렸다.

압력이 온몸을 짓눌렀기 때문이다.

'중력을 다스리는 마법인가.'

모한의 마법을 파악한 페르노크는 강화 계열로 승부를

보려던 생각을 과감히 포기했다.

그리고 창대를 틀어 버림과 동시에 5레벨 마법 폭풍을 둘렀다.

후우우웅!

일순간, 페르노크 주위에 거친 바람이 일었다.

사자는 아랑곳하지 않고 바람째 페르노크를 씹어먹으려 했다.

"피해라!"

별안간 기둥 뒤에서 고함이 터져 나왔다.

뮬트와 모한은 바로 반응했다.

위험을 인식하지 못했다.

하지만 그 분의 말은 언제나 틀리지 않았기에 몸이 반사적으로 움직인 것이다.

"벽 하나만 넘으면 마도사에 이르겠군."

그리고 그때는 이미 늦었다.

뮬트와 모한의 퇴로에 페르노크가 창을 들어 올린 채 기다리고 있었다.

[가속 Lv.5] [쉐도우 스탭 Lv.4]

내리 찍히는 중력을 역으로 이용하여 그림자에 미끄러지고, 마력강체술에 순간 가속하여 폭풍을 타고 사자를 넘어섰다.

자연스럽게 연계된 마법의 변화를 눈치챈 건, 기둥 뒤편에서 상황을 주시하던 마도사급의 7레벨 마법사였을 뿐.

정작, 페르노크를 압박하던 뮬트와 모한은 전혀 인지하지 못했다.

가속이 그들의 시야에서 잔상조차 남기지 않았던 것이다.

퍼퍽!

뮬트와 모한의 뒤통수를 창대로 후려쳐 바닥에 내리꽂았다.

사자가 다시 석상으로 돌아갔고, 중력은 씻은 듯이 가셨다.

기절한 두 사람을 뒤로하니 그가 모습을 드러냈다.

"감히, 이 신성한 곳에 삿된 발을 들이밀다니!"

사제장, 예인.

은의 신관조차 함부로 하대하지 못하는 새벽 신전의 최고 사제가 노기를 터트렸다.

쿠르르릉!

달을 감춘 구름에서 뇌기가 감돌았다.

예인의 마법은 뇌전을 다루는 것.

오랜 세월 7레벨 마법사에 머물렀던 그는 근래 들어 하늘에서 뇌기를 터트리는 게 가능해졌다.

영역을 넓히는 건 마도사의 증거였다.

예인은 아직 부족하지만, 마도사의 영역을 앞에 둔 실력자임이 틀림없다.

"가장 까다로운 놈이 직접 나와 주니 다행이군."

페르노크가 눈웃음을 짓자 예인의 기세가 뚝 끊겼다.

"성물은 잘 받아 가지."

그 순간, 성물이 안치된 신전 중심부에서 께름칙한 어둠이 터져 나왔다.

* * *

"내가 미끼다."

페르노크는 어려운 작전을 아주 손쉽게 정리했다.

"고위 사제들을 처리하다 보면, 팔망진이 무너지고, 사제장은 반드시 나를 찾아온다. 그리고 그때, 신전의 촘촘했던 경계는 모두 흐트러지고 말지."

단신으로 팔망진과 상대하겠다는 광오한 모습.

"그늘을 타고 흘러 성물을 가져와라."

과한 자신감이라고 여겼지만, 마르코는 그 이상 신경

쓰지 않았다.

성물만 찾아가면 된다고 생각했으니까.

하지만 신전 중심부까지 수월하게 들어오니, 페르노크의 작전에 혀가 내둘러진다.

페르노크가 근원을 사용하는 모습을 보지 못했다.

그럼에도 그는 자신의 말을 확실히 지켰다.

이젠 마르코가 일을 마무리할 차례다.

우우웅!

근원을 퍼트려 성물을 감싼 성스러운 제단에 개입했다.

사방의 어둠이 한곳에 뭉쳐 성물을 감싼 투명한 케이스를 두드리니.

쾅!

어둠이 비산하듯 터져 나오며 경계령을 뒤흔드는 또 다른 신호가 울려 퍼진다.

"중심이다!"

"성물을……!"

시끄러운 소리가 몰려들었지만 마르코는 당황하지 않고 성물을 품었다. 그리고 페르노크가 알려 준 방법으로 어둠에 몸을 가져갔다.

이윽고 마르코의 몸이 어둠에 녹아들었다.

단순히 어둠을 일부분으로 사용하는 것이 아니라 일체화되는 근원의 올바른 전투법이었다.

* * *

예인은 성물을 감싼 결계가 깨진 소리를 들었다.

그곳에 차오른 어둠은 30년 전 느꼈던 그 서늘함과 비슷했다.

'한 놈이 더 있었어?'

페르노크가 팔망진을 부숴 버린 탓에 은밀하게 움직이던 마르코의 존재를 전혀 감지하지 못했다.

그만큼 페르노크의 존재감이 예인을 이곳에 불러들일 정도로 압도적이었다.

"지금 네놈들이 무슨 짓을 저질렀는지 아느냐!"

뇌기를 터트리며 성물부터 되찾으려는 예인의 뒤편에 창이 꽂혔다.

"신성한 물건을 고작 감옥 열쇠로 쓰는 놈들이 주둥이만 살았군."

마르코의 근원이 아직 신전을 벗어나지 못한 걸 확인한 페르노크가 예인을 무심히 쳐다보았다.

"사제의 탈을 쓴 벌레 같은 놈들."

예인의 이마에 핏줄이 솟은 순간.

쿠르릉, 콰아아앙!

하늘에서 샛노란 벼락이 페르노크에게 떨어짐과 동시에 광풍이 예인의 몸을 휩쓸었다.

* * *

마법이 서로에게 교차되었지만, 페르노크는 멀쩡했고 예인은 기둥에 처박혔다.

자연계 마법사의 약점은 육체가 약하다는 것.

하지만 페르노크는 마력강체술로 몸을 강화시켜서 어지간한 마법엔 속성 내성이 있다.

예인이 옷깃을 털어 넘기는 페르노크를 믿지 않는다는 표정으로 바라보았다.

'방금 바람을 부렸다. 자연계 마법사가 내 뇌격을 맞고서도 어째서 멀쩡한 거지?'

경험 많은 예인은 한 가지 가설을 세웠다.

'혹시, 더블?'

만약, 상대가 강화계와 자연계를 둘 다 다루는 실력자라면?

예인이 전신에 뇌기를 퍼트렸다.

신체 활성도를 높이는 유사 강화계다.

'속도를 맞춰 보겠다는 건가.'

기동력을 살려 페르노크의 마법을 회피하고 계속 뇌격을 꽂는다.

단순하지만 골치 아픈 전술이었다.

뇌기의 속도가 가히 섬전을 방불케 했던 것이다.

콰앙!

관찰안으로 뇌기가 꽂히기 0.5초 전의 상황을 파악하고 회피한다.

동시에 전면에서 화살촉 모양의 뇌기가 빗발쳤다.

페르노크는 눈앞을 풍랑으로 가득 채웠다.

뇌기가 바람에 휩쓸릴 무렵, 폭풍의 마법이 소멸했다.

페르노크는 다시 가속과 쉐도우 스탭을 활용해 순간적인 속도를 올렸다.

익숙한 속도가 찰나에 급상승하여 인식의 허점을 노렸지만, 예인은 한 번 본 강화 연계에 능숙히 대처했다.

콰쾅!

하늘의 뇌전과 몸에서 뿜어져 나온 뇌기가 그물처럼 사방에 퍼졌다.

페르노크가 브레이크를 밟았지만 뇌기가 옷깃에 살짝 닿았다.

눈 깜빡할 사이 옷깃을 타고 뇌기가 육신에 전염되었다.

방금 전과는 성질이 미묘하게 달랐다.

몸속을 침투하는 것이 아니라 피부 안쪽의 신경을 짓누르려 했다.

쿵!

페르노크가 진각을 밟으며 몸에 달라붙은 뇌기를 떨쳐냈다.

'마도사? 아니야, 공간을 장악할 기색은 전혀 없어.'

여러 수단을 쓰지만 페르노크에게 휘둘린다는 생각을 지울 수가 없다.

자신보다 적어도 한 수 위라는 뜻이지만, 마도사급의 역량을 내보이진 않는다.

'손속에 사정을 둔다고?'

답은 한 가지로 귀결되었지만, 예인은 머리를 헝클어뜨렸다.

그리고 보니 고위 사제들은 죽지 않고 기절해 있다.

다른 병사들과 사제들도 단지 놀라 주저앉았을 뿐이다.

일행이 있었다면 성물 탈취에 쓸 것이 아니라 자신을 후방에서 노리는 양동 작전을 펼쳐도 좋았다.

하지만 페르노크는 예인과 적절히 손을 맞추기만 했다.

"은의 신관이 이곳에서 무슨 짓을 벌였는지 아나?"

예인을 떨쳐 내고 창을 쥔 페르노크가 하늘에서 빗발치는 뇌전을 창끝에 감았다.

"아이들을 납치해 30년 전의 사건을 재현하려 하고 있었다."

"……!"

뇌전이 창을 타고 지면에 스며들었다.

예인이 연거푸 하늘에서 뇌전을 쏴도 창에 모여 아래로

흘러내려 갈 뿐이었다.

"성물에서 터져 나온 어둠을 느꼈겠지."

"어디서 삿된 소리로 내 귀를 어지럽히려 하느냐!"

"저 동쪽의 제단에서 어둠은 피어올랐다. 구멍을 뚫어 놨으니 확인해도 좋아."

"새벽은 사도에게 굴하지 않는다!!"

복음을 외듯이 굳은 심지를 보여 주는 예인에게서 앞선 고위 사제 3명처럼 실험실과 관계되었다는 느낌을 받지 못했다.

"모른 척 감추려 한다면 너희 새벽은 위선자고, 진실로 모른다면 그 또한 방만한 죄다."

마르코가 신전에서 멀어지는 것을 확인한 페르노크는 창에 모인 에너지를 사방에 터트렸다.

"이런······!"

오버 임팩트의 섬광이 터져 나오자 예인은 두 손에 뇌기를 감고, 모든 마력을 집중시켰다. 섬광이 예인의 양손에 갇혀 소멸하였다.

그러나 예인의 손은 시꺼멓게 그을렸고, 모든 마력을 토한 그는 비틀거리며 전면을 응시했다.

"헉, 헉."

강화계 자연계에 이은 이해 불가의 또 다른 힘.

마법과 다른 이질적인 것을 쏘아 보낸 페르노크는 멀쩡한 모습으로 창을 거뒀다.

"누가 실험실의 협력자인지 아니면 진정으로 새벽을 따르는 신실한 자인지 이제 곧 판가름 나겠지. 하나, 그에 합당한 심판이 성황국에서 이뤄지지 않는다면 내가 직접 너희를 단죄하러 오겠다."

구름에 가려진 달빛이 드리울 때, 페르노크의 눈동자에서 맑은 안광이 터져 나왔다.

[메모리얼 Lv.3]
자신의 기억 일부를 상대에게 전달한다.

실험실에서 봤던 광경을 예인에게 전달했다.

예인이 머리를 감싸며 주저앉자, 페르노크는 홀연히 자취를 감췄다.

"으음……."

예인은 페르노크를 뒤쫓을 힘 하나 없이 그 자리에 주저앉았다.

"사제장님!"

남은 고위 사제가 급히 달려왔다.

사제장을 부축하는 그들이 부서진 신전을 보며 이를 갈았다.

"당장 침입자를 추격하겠습니다!"

"사제들을 파견토록 허락해 주십시오!"

그때, 예인의 머릿속에 페르노크의 기억이 들쑤셨다.

플라스크와 점액.

그곳을 관리하는 사제들.

은밀한 실험실.

단편적인 기억들이 퍼즐 조각처럼 흩어져 있다.

"동쪽……."

페르노크보다 먼저 이 수수께끼 같은 조각을 맞춰야 했
다.

"……제단 아래를 먼저 살펴보시게."

"하지만!"

"어서!"

생소한 기억들이 들쑤시자 괜히 가슴이 불안해졌다.

'대체, 이게 뭐란 말인가.'

성물이 탈취당하고 고위 사제들이 쓰러지며 신전 지하
에 그도 모르는 시설들이 있다.

이 모든 순간들이 마치 악몽을 꾸는 것 같았다.

* * *

페르노크가 입가에 흐르는 피를 닦았다.

'조금 무리했나.'

팔망진과 사제장 그리고 병사들까지 연달아 감당하면
서 속이 조금 울렁거렸다.

페르노크가 입가에 가린 천을 벗고 본래의 모습으로 돌

아갔다.

거리를 바쁘게 돌아다니는 병사들을 지나쳐 골목길, 마르코의 아지트로 내려갔다.

지하 통로를 따라 깊은 곳에 이르자 마르코가 기다리고 있었다.

"덕분에 성공했어."

마르코가 새벽 신전의 성물인 푸른 검을 내 보였다.

관찰안으로 살펴도 특별히 이렇다 할 구석은 없다.

"이게 열쇠라고?"

"은의 신관이 이걸로 수도의 비밀 문을 여는 걸 봤어. 듣자 하니 그 비밀 연구실이 본래는 새벽 신전의 옛 거점이었던 모양이야."

"지금 저 신전이 본 신전이 아니라?"

"처음 성황국을 만들기 위해 3교 연합이 수도에 모였지. 그들은 각자 구역을 잡고 신전을 만들었어. 하지만 교황이 선발되던 해에 문제가 있었던 모양이야. 결국, 각자 신전을 다른 지역에 옮겼지."

"그럼 은의 신관이 있는 곳이 진짜 새벽 신의 신전이라는 건가?"

"오래전의 일이야. 그걸 아는 사람도 드물다고 했어. 그러면서 은의 신관은 그곳의 가장 은밀한 곳을 이 성물로 열어야 한다고 말했지. 다른 곳은 한 번 열면 그냥 들어갈 수 있지만, 오직 그곳만은 성물을 써야 한데."

"한데, 신전에서 성물이 나왔는데 아무도 문제를 제기하지 않았나?"

"가짜를 만들어서 중심부에 안치시켜 뒀으니까."

"설마⋯⋯."

"걱정하지 마, 이건 진짜야. 은의 신관이 신전 문을 열수 있도록 진짜 성물과 똑같은 가짜 성물을 만들었거든. 그래서 진짜를 다시 이곳에 가져다 둔 거지."

"왜 이런 일을 얘기하지 않았나?"

"가져와야 한다는 사실엔 변함이 없으니까. 굳이 중요한 얘기라고 생각진 않았어."

"한데, 굳이 얘기하는 이유는?"

"당신 말은 철썩 같이 따르려고."

마르코가 가짜 성물을 페르노크에게 내밀었다.

"당신만 믿으면 보스를 구할 수 있을 것 같아."

페르노크가 성물을 품에 넣었다.

"이번은 결과엔 변함이 없어 넘어가겠지만, 이후에 사소한 정보 하나라도 흘린다면 너부터 죽이고 따로 움직이겠다."

"흐흐, 그럴 일은 없어. 내가 비빌 구석은 이젠 당신뿐이거든."

능글맞게 웃는 모습에서 문득, 절망군주의 모습이 겹쳐보였다.

왜 충직한 수하와 이 재기 발랄한 소년이 닮았다고 느

끼는 걸까.

페르노크가 고개를 저으며 말했다.

"수색이 심해질거다. 어서 이곳을 빠져나간다."

"저 안쪽에 밖으로 통하는 비상 통로가 있어! 가자고!"

페르노크가 마르코와 나란히 긴 어둠을 빠져나갔다.

* * *

마에이타 인근의 산 중턱 폐가.

페르노크와 마르코가 들어서자 문가에 드리웠던 근원이 싹 가셨다.

아이들이 무사한 두 사람을 보고 안도의 한숨을 내쉬었다.

"자네 괜찮은가!"

아르민이 달려 오자 마르코는 아이들에게 향했다.

페르노크는 아르민을 폐가 밖으로 데려왔다.

"당신 덕분에 수월하게 끝냈어."

"다행이네. 약속보다 늦어서 다들 걱정하고 있었네."

"애들하고 좀 친해졌나 봐?"

아르민이 멋쩍게 웃었다.

"먼저 말을 걸어 주더군. 무서우면 도망쳐도 된다고, 다만 우리를 방해하지만 말아 달라고."

"결정했나?"

"여기까지 온 걸 보면 답은 나왔잖아."

아르민이 되묻자 페르노크가 피식 웃었다.

"진실을 보니 어땠어. 새벽 신전이 고결해 보이던가?"

"신전에 대한 내 믿음은 변치 않아. 그것이 설령 자애와 다른 길을 걷는 신이라 할지라도, 성황국에 사는 사람들은 모두 신실함을 가지고 살아가지. 하지만 잘못된 건 잘못되었다고 말해 줄 사람이 필요해."

아르민의 목소리에 비장함이 감돌았다.

"난 기록 사제로서 지금부터 일어날 일들을 하나도 빠짐없이 적어 우리 신전에 보낼 것이네."

"자애 신전에 은의 신관과 뜻을 함께하는 사람이 없다고 확신할 수 있나? 자애는 중립이잖아."

오히려 쉽게 넘어갈 수 있을지도 모른다고 의심하듯 물어보니 아르민은 선선히 고개를 끄덕였다.

"그럴지도 모르지. 그럼 그것까지 싸잡아서 적어 보이겠네. 성황국이 안 된다면 밖에라도 알려야지."

한 명의 억울한 신자가 없게 하여라.

그것이 자애의 이념이다.

"사제들이 모두 그와 같다고 생각하진 말게. 새벽도 빛도 자애도 처음에는 모두 하나에서 비롯되었고, 각자의 이념에 따라 나뉘어, 지금도 그 믿음을 행하고 있어. 그러니 한 가지만 부탁해도 되겠나."

"뭘?"

"무의미한 살생만은 하지 말아 주게."

페르노크가 고개를 끄덕였다.

"구분되지 않는 건 쉽게 손대지 않아. 확실한 것들만 처리하고 있으니 당신의 이념과 충돌하는 일은 없을 거야."

"고맙네."

"그럼 이제부터가 문제란 말이지."

"왜? 무슨 일이 또 생겼어?"

"새벽 신전의 사건이 수도 아르모사에 흘러갈 게 아닌가. 은의 신관도 듣겠지. 분명, 자신을 노린다고 생각할 거야. 검문부터 꼼꼼해지겠지."

새벽 신전의 성물이 도둑맞았다.

중대한 사건에 다른 지역의 검문은 심해질 것이다.

그리고 수도 아르모사는 사건이 해결될 때까지 외지인의 출입을 일체 금한다.

곰곰이 생각하던 아르민이 의견을 제시했다.

"한 가지 방법이 있네."

"……?"

"자애 신전의 수습 사제로 변장하세나."

"신분과 사제복을 어디서 구하려고?"

사제복은 수습 사제가 된 자에게 내려지는 고귀한 의복이다.

외부로 반출되지 않고 누군가 훔쳐 입거나 똑같은 심볼

을 모방한다면 최대 사형에 이르는 엄벌에 처해진다.

하여, 사제 아닌 자는 성황국에서 누구도 사제복을 구할 수도, 입을 수도 없다.

"검문을 통과할 때만 입는다면 방법이 있긴 해."

페르노크가 고개를 갸웃하자 아르민이 음흉하게 웃었다.

"흐흐흐, 나만 믿으라고!"

* * *

자신 있게 외친 아르민은 다음 지역에서 해답을 가져왔다.

"우선 애들이 입을 거."

여섯 벌의 아이용 사제복을 늘어놓았다.

"자, 그리고 이건 자네 거."

낡고 허름한 사제복을 페르노크에게 건넸다.

각자 사제복을 받아 들며 의아한 시선을 보냈다.

"아아, 애들은 사제 수행이 고돼서 종종 신전을 나오는 경우가 있거든. 그때, 반납한 사제복은 이름만 떼고 다시 재활용해서 새로 들어온 애들한테 나눠 줘."

"사제복은 한 사람에 한 벌 아니었나?"

"에휴. 애들은 날이 다르게 큰다고. 수습 사제 축에도 못 끼는 학습생? 정도라고 여겨서 애들용은 물려주는 편이야. 정식 수습 사제가 됐을 때, 받는 사제복이 진짜지."

"이것 말이야?"

"자네 건, 돌아가신 사제님의 사제복이야."

"설마, 무덤이라도 파헤친 건가?"

"하하하. 자애 신의 사제님들은 시신을 불에 태워. 그때, 사제복 대신 흰 옷을 입혀드리지. 그리고 돌아가신 사제님의 사제복은 유족에게 전해 줘. 그 뜻을 기려 달라는 의미로."

"그럼 이 사제복의 주인은 유족이 없었나?"

아르민이 고개를 끄덕였다.

"기록 사제는 종종 다른 사제들이 어떤 일을 해 왔는지 적어 주는 일도 맡아서 해. 이 근방에 돌아가신 사제님도 내가 적어드렸어."

"죽은 자의 신분을 사용해야 한다는 말이군."

"돌아가신지 얼마 안 돼서 아직 수도에는 알려지지 않았을 거야. 애들은 크게 신경 쓰지도 않을 거고. 어차피 수도에 잠깐 머물다가 나올 거잖아. 일단 통과하는 것에만 집중하자고."

아르민이 어서 움직이자며 사람들을 다독였다.

죽은 자의 이름이 수도에 올리기 전에 그들을 바쁘게 걸음을 재촉했다.

일주일이 지날 무렵, 웅장한 성문이 눈앞에 펼쳐졌다.

새벽 신전의 성물이 탈취당했다는 말이 들려서인지, 성

문 앞은 수도에 사는 사람과 사제들로만 북적였다.

페르노크 일행이 사제복을 머리까지 눌러쓰며 검문소 앞에 들어섰다.

"못 보던 얼굴인데?"

아르민이 대표로 말했다.

"자애 신을 모시는 아르민이라고 합니다. 이분은 사제 알티오 님이고, 이 아이들은 저와 함께 고행을 걷고 있지요."

"사제명이 어찌 되오?"

"아이들은 아직 수습이라 이름도 올리지 못했습니다. 알티오 님은 렌 그리고 저는 야루라고 부릅니다."

"한데, 왜 알티오 사제께서는 얼굴을 가리셨소?"

"피부병이 있으셔서…… 사실 그 때문에 치료받고자 수도까지 온 것입니다."

"흐음, 잠깐 붕대를……."

"만지지 마십시오! 바로 손에 옮습니다!"

검문소장의 손이 멈칫했다. 그리고 페르노크의 얼굴만 천천히 살폈다.

눈가의 주름과 머리 색을 확인하곤 몸을 돌렸다.

"잠시만 기다려 보시오."

검문소장이 병사를 시켜 조사한 사항을 안에 들여보냈다.

잠시 후, 병사가 자애 신전의 인장이 찍힌 문서를 들고 나왔다.

"음, 맞구려. 들어가도 좋소."

알티오는 실제로 10년 전부터 피부병을 앓고 있었다.

수도에는 피부병에 관한 사실이 기록되어 있다.

하지만 최근에 죽은 사항은 아직 도착하지 않았다.

아이들은 사제명이 주어지지 않아서 크게 의심받지 않고 일행은 아르민의 지혜로 검문을 통과했다.

"자, 들어가세."

아르민이 앞장서서 걷자, 마르코와 아이들이 뒤를 따랐다.

그리고 페르노크가 성문에 발을 디뎠다.

* * *

금발을 길게 늘어뜨린 빛의 신관복을 입은 순백의 여인이 복도에서 멈춰 섰다.

"......?"

여인이 어딘가로 고개를 돌렸다.

코까지 내려앉은 면포 덕분에 무슨 생각을 하는지 알 수 없었다.

"왜 그러십니까, 대신관님?"

라키스 제국의 공작과 더불어 S3의 마도사라 칭송받는 성황국의 대신관이 늙은 사제에게 시선을 옮겼다.

"사제장님."

"예."

"오늘 수도에 들어온 자들의 명단을 저에게 보내 주시겠어요?"

"그건 갑자기 왜 필요하신지요?"

대신관이 풀잎을 머금은 것처럼 살포시 미소 지으며 말했다.

"묘한 것이 보였습니다."

2장. **은의 성전**

은의 성전

성황국 수도 아르모사의 거리엔 긴장감이 감돌고 있었다.

병사와 사제들이 분주히 뛰어다니고, 백성들은 문을 걸어 잠갔다.

새벽 신전의 성물이 탈취된 사건이 아르모사를 삼엄한 경계로 인도했다.

페르노크가 커튼을 치고 벽에 기대어 방문을 보았다.

아르민이 식은땀을 훔치며 들어왔다.

"후우, 살벌하구먼. 수도가 이 정도로 날카로운 게 몇 십 년 만인지 모르겠네."

"성물 때문이겠지."

아르민이 고개를 끄덕이며 방문을 닫았다.

"다들 은의 신관을 찾고 있더군. 물론, 좋은 의미는 아닌 것 같아."

모두의 시선이 그에게 꽂혔다.

"자애 신전에 다녀왔는데, 소문이 벌써 쫙 퍼졌어. 새벽 신전의 성물 탈취 건뿐만이 아니야. 은의 신관을 조사해야 한다는 안건이 대신전에 들어갔어."

"새벽 신전에 직접 안건을 제시했나?"

"맞아. 새벽 신전의 사제장이 은의 신관 조사서를 직접 작성했다더군."

역시, 사제장은 은의 신관이 한 일을 모를 것 같았다.

팔망진의 중심부에서 성물만 지키고 실험실 근처엔 얼씬도 하지 않았으니까.

메모리얼 마법으로 실험실 모습을 보여 준 덕분에 새벽 신전 내부에서도 난리가 난 모양이다.

"지금 자애 신전의 신관님께서도 대신전에 들어갔어."

"그럼, 이 수도에 몇 명의 신관이 모인 거지?"

"빛의 신관님들과 자애의 신관님들. 모두 4명이군."

S1과 S2의 마도사가 수도에 모였다.

문제는 그뿐만이 아니다.

"신관님들 과반수가 모였으니 대신관께서도 직접 회의에 나서실 거야."

성황국의 대신관 아리샤.

라키스 제국의 크리스 공작과 더불어 S3의 마도사. 그리고 세계에서 유일한 복수의 마도술 소지자.

"차라리 잘된 일일지도 모르겠어."

"……?"

"대신관님은 어느 한쪽 편을 들어 주지 않거든. 그것이 설사 같은 빛의 신전이라 해도 말이야."

"대신관을 잘 알고 있나?"

"예전에 한 번, 먼발치에서 본 적 있어. 우리 같은 기록 사제도 잘 챙겨 주셨지. 나이도 무척 젊은데 어찌나 사려가 깊던지. 감히 눈을 마주치는 것조차 어려울 정도였어."

성황국은 대신관이 차기 교황을 맡는다.

전대 교황은 새벽 신 레이크를 신봉하는 S2의 마도사였다.

하지만 나이를 먹어 점점 약해져 가는 그가 결국 쇠락하였고, 그 당시의 대신관이었던 빛의 신관이 현 교황이 되었다.

경사는 그뿐만이 아니었다.

뒤를 이어 대신관이 된 자가 같은 빛의 신전 소속이었기 때문이다.

보통 그 해에 같은 신전 소속의 교황과 대신관이 탄생한 적은 없었다.

"정말 특별한 분이셨지."

하지만 어느 누구도 대신관에 아리샤가 오르는 것을 반

대하지 않았다.

보수적인 신관들이 모두 그녀를 인정했다.

그때, 아리샤의 나이 15살이었다.

"태어날 때부터 마도술을 가졌다고 했었나."

"맞아. 그런 경우는 지금껏 없었지. 단순히 힘만 뛰어난 게 아니라 어려서부터 그걸 다루는 방식 또한 자애로웠어."

타고난 재능의 결정체.

하지만 사람들은 그녀를 '기적'이라 부른다.

성황국의 역사를 새롭게 쓸 신의 기적 말이다.

올해 25살인 아리샤는 역대 최연소 교황이 될 거란 말을 듣고 있다.

"하지만 역대 대신관님들처럼 수동적이진 않아. 오히려 교황님을 붙잡고 문호를 개방해야 한다고 주장하고 계시지."

오래전 성황국은 타국에 신전을 건립했었다.

하지만 그들의 교리가 급속도로 퍼져 왕권에 영향을 미치기 시작하자 신전은 금세 철거되었다.

심지어 라키스 제국은 성황국의 교리를 따르는 자들을 엄중히 처벌하기까지 했다.

박해받은 성황국은 그 이후로 타국과 관계를 맺으려 하지 않는다.

대부분의 나라는 그들의 국력을 두려워하여 우호 사절

단만 보낼 뿐, 깊은 관계는 꺼린다.

국력은 빌리고 싶으나 교리는 거부한다.

역대 교황들은 다른 나라들의 이와 같은 의도에 빗장을 걸어 잠갔다. 그리고 자국에 집중하여 세력을 향상시키는 것만 집중했다.

광활한 평야에서 나오는 자원들이 이를 가능케 했다.

오늘날, 서쪽의 지배자라 불리는 성황국은 단지 내실을 다지는 것만으로 공고한 지위를 구축하기에 이르렀다.

"대신관님은 외부에 다시 신전을 세우고 싶어 하셔. 최근 몇 년간 외지인들이 자유롭게 성황국을 드나들게 된 것도 그런 신념이 크기 때문이야."

"자애롭고 개방적이다. 뭔가, 낯선 말이군."

"하하하, 그만큼 생각이 트였다는 뜻이지."

"대신전의 회의가 은의 신관을 경질시키는 쪽으로 향할 거란 생각인가?"

"아마도. 실험실을 보고, 사제장까지 직접 나섰다면 그렇게 되지 않을까 싶어."

"그럼 그쪽에서 은의 신관을 찾기 전에 이쪽이 먼저 쳐야 한다."

"그렇겠지. 그 보스라는 자를 살려 두진 않을 테니까."

30년 전의 사건이 다시 들춰지고 있다.

은의 신관과 별개로 어둠의 근원을 품은 보스가 발견된 순간 즉석에서 처분될 것이다.

"은의 신관은 확인했나?"

"이곳 신전에서도 모습을 보진 못했대."

"그럼 옛 신전에 있겠군."

"아, 그리고 혹시 다른 정보가 있을지 몰라서 300년 전의 기록을 찾아봤어. 옛 새벽 신전과 관련된 내용이 싹 지워졌던데."

"신전과 관련된 기록이 전부?"

"위치나 장소가 기록된 구절만 지워져 있었지. 신관이 어쩜 그리 음흉한지, 책을 펼치지 않았다면 절대 몰랐을 거야."

페르노크가 고개를 끄덕이며 마르코를 돌아보았다.

"신전의 위치는 기억하고 있나?"

"당연히 알지. 그런데 당신들이 말하는 신전엔 신관이 없을 거야."

"……?"

"신관이 그랬거든. 중요한 곳에 신자를 들이는 신관은 없을 거라고."

마르코가 기억을 더듬으며 말을 이었다.

"옛 신전의 신관들만 드나드는 곳은 다른 신전 사람들이 모르게 구전으로 전해진대. 그리고 그곳을 은의 신관은 성소라고 했어. 보스가 갇힌 곳은 껍데기 신전이 아니라 새벽의 성소야."

"들어가 봤나?"

마르코와 아이들 모두 고개를 끄덕였다.

"신전에선 근원의 적합성을 실험하고, 성소에선 적합한 아이들로 새로운 근원을 연구하지. 그래서 신전은 실험실이고 성소는 연구실이라 불러. 나도 두세 번 들어가서 연구에 어울려 줬어."

"성소와의 거리는?"

"아르모사의 외곽. 그런데 괜찮겠어?"

"다른 문제가 있나?"

"여긴 성황국의 수도 아르모사야. 소란이 커지면 대신전에 모인 마도사들이 죄다 튀어나올 거 아니야."

"영 돌머리는 아니군."

페르노크가 피식 웃었다.

"그 말대로 소란이 커진다면 우린 아르모사에 갇혀 죽을 거야. 해서, 빠르게 치고 빠진다."

"신관은 만만치 않아."

"보스만 잘 빼돌려도 돼. 신관의 적은 우리뿐만이 아니니까."

대신전에서도 이를 갈고 있다.

"역할을 확실히 나눠야겠지."

페르노크가 손바닥에 작은 마력 구체를 만들어 아르민에게 건넸다.

"이게 뭔가?"

"성소 주위에 있다가 누군가를 발견하면 바로 터트려.

그 즉시, 우리에게 신호가 전달된다."

"설마 했는데, 자네 혹시 더블인가? 어떻게 강화계 마법사가 이런 것도 할 수 있어?"

"지금 중요한 건 그게 아니잖아."

페르노크는 웃으며 마르코와 아이들에게도 구체를 나눠 줬다.

"너희들은 성소의 불필요한 것들을 상대하다가, 신호가 전달되면 망설이지 말고 벗어나."

"무슨 소리를 하는 거야. 우리도 보스가 있는 곳까지 들어가겠어!"

"새벽 신전과 달라. 네 말처럼 아르모사의 마도사들이 모여들면 빠져나갈 구멍은 있고?"

"그건……."

"자칫 잘못하면 나도 죽는다."

수도를 둘러싼 대군.

세계에서 손꼽히는 마도사와 각 신전의 마도사들.

은의 신관에게 발목이라도 붙잡혔다가 그들을 마주하면 페르노크도 온전히 살아 나갈 거란 보장이 없다.

"한순간의 실수도 용납되지 않는다. 너희 어리광까지 들어줘 가며 모든 걸 성공시키진 못해."

마르코와 아이들이 무거운 표정으로 고개를 끄덕였다.

"대신전의 회의가 진행되는 오늘 밤. 바로 성소를 습격한다."

방 안에 무거운 긴장감이 감돌았다.

페르노크는 마력을 다듬었고, 마르코와 아이들은 근원을 이용한 진형을 구상해 나갔다.

아르민이 거리를 살피며 병사와 사제들의 동향을 파악하고 있으니, 어느덧 사위가 어두워졌다.

페르노크와 일행들이 사제복을 입고 밤거리를 나섰다.

병사들과 마주칠 때마다 아르민이 둘러대며 3시간가량 걸었을 때, 외곽 허름한 건물에 도착했다.

삐걱거리는 문을 열고, 인기척 없는 건물 안에 들어가 바닥을 두드렸다.

퉁퉁.

되돌려 오는 소리에 고개를 끄덕인 마르코가 조심스럽게 바닥을 열었다.

지하로 내려가는 계단이 나타났다.

"건물 안에서 바깥 상황을 주시하고 있어."

"알겠네."

아르민이 마력 구체를 손에 쥐고 그늘진 곳에 숨었다.

페르노크 일행은 계단을 타고 내려갔다.

꽤 깊은 곳에 들어섰다 싶은 순간, 부서진 기둥이 가득한 공간이 나타났다.

"다른 신전에서 사람이 온다면 이것만 보고 돌아설 거야."

껍데기에 불과한 신전 옆으로 돌아갔다.

얇은 홈이 파인 벽 앞에 마르코가 멈춰 섰다.

"여기에 성물을 끼워 넣고 왼쪽으로 두 번, 오른쪽으로 한 번 돌려."

페르노크가 푸른 검을 홈에 넣고 마르코가 말한 방향대로 돌렸다.

그그그긍!

옆 벽면이 열리고 횃불로 밝혀진 길이 나타났다.

"후우, 이 뭣 같은 곳에 다시 돌아왔네."

마르코가 긴장되는지 손바닥에 흥건한 땀을 털어 냈다.

아이들도 마른침을 삼키며 근원을 가시처럼 바짝 세웠다.

페르노크가 아티펙트를 글러브 형태로 변환시키며 말했다.

"돌입한다."

성물을 회수하고 안으로 들어가니 문이 닫혔다.

* * *

모든 것이 은색으로 뒤덮인 공간에 묶인 사내가 있었다.

'마르코……?'

낯익은 근원이 느껴지자 사내가 눈을 떴다.

쇠창살 밖에서 책을 읽던 외팔이 사내가 책자를 덮었다.

"왔나."

사내도 침입자를 느꼈다.

"참, 골치 아픈 녀석들이야. 내 말만 잘 따랐으면 행복한 미래가 기다리고 있었을 텐데, 어째서 신전까지 터트리는지 원."

고개를 절레절레 저은 사내, 은의 신관이 감옥을 들여다보았다.

"네가 내게 잘 협조했더라면 모든 일들이 순조롭게 풀리지 않았겠나? 클라인."

클라인이 흐릿한 미소를 머금었다.

"신전의 적이 된 신관이라니. 당신 인생도 참 병신 같아."

"위대한 힘을 이해하지 못하는 가련한 자들에게 불씨를 내려 불을 지피도록 해 줘야 하지 않겠나. 하지만 사제장은 새벽의 이상을 전혀 이해하지 못하고 있어."

은의 신관이 혀를 차며 몸을 일으켰다.

"아직은 마르코만큼 이성을 가지지 못했지만 상관없겠지. 조금 이르더라도 저 가엽고 우매한 자들에게 새벽의 가르침을 일깨워 줘야겠어."

그가 옆에 놓인 길쭉한 목제 상자를 은으로 휘감아 바로 옆에 띄워 올렸다.

클라인의 눈동자에 살기가 감돌았다.

"기어이 그것까지 손을 댄 것이냐."

"만약, 대신관이 온다면 보여 줘야 하지 않겠나."

은의 신관이 웃으며 감옥을 나섰다.

"새벽이 나아갈 길을."

* * *

페르노크가 갈림길에 들어선 순간이었다.

"왼쪽으로……."

마르코가 말을 흐리며 양쪽 통로를 번갈아 보았다.

아이들의 표정이 굳어졌다.

"이…… 개새끼가……!"

씹어뱉듯 울리는 소리 너머에서 무언가가 나오고 있었
다.

모두 아이들과 같은 체형이었지만, 이목구비가 있어야
할 곳에는 은으로 뒤덮여 있었다.

"근원."

얼굴 정중앙에 박혀 있는 구슬을 확인한 페르노크의 눈
동자가 가늘게 좁혀졌다.

* * *

"너희들과 같은 걸 품고 있군."

구슬은 분명 근원의 씨앗이다.

몸속에 뿌리내리지 않고 바깥에 형태를 드러낸 기이한

모습은 절망군주의 기억 속에도 없다.

"저 개자식이 애들을 은으로 뒤덮고 근원을 박아서 조종하는 거야!"

페르노크가 관찰안을 발동하곤 미간을 찌푸렸다.

'영혼이 없다.'

껍데기뿐인 몸이다.

"다 죽은 애들이라고!"

시체를 근원의 양분으로 삼는 방식.

흐느적거리는 은의 병사들이 거리를 좁혀 올수록 마르코가 이를 갈았다.

"복잡한 원리 같다만, 결국 동력인 근원을 부수면 멈추겠지."

"당신은 지나가. 여긴 우리가 맡을게."

"할 수 있겠나."

"편히 묻어 주는 것도 살아남은 사람의 역할이야. 개새끼 뜻대로 인형처럼 돌아다니게 만들 순 없지!"

마르코가 통로에 드리운 그림자를 칼날처럼 세우자, 그에 반응하듯 은의 병사들이 색색의 근원을 터트린다.

"어서 가!"

마르코가 왼쪽에 작은 길을 열자마자 페르노크가 미약한 틈을 비집고 들어갔다.

은의 병사들이 반응하지 못할 속도로 통로를 돌파해서 호수처럼 물이 고여 있는 공간에 이르렀다.

'바다의 근원.'

수면 아래에 기포가 차오르기 무섭게 천장까지 닿을 만한 은색의 뱀이 치솟았다.

그 뱀이 품고 있는 근원은 비늘족의 성지에서 죽인 사악한 뱀과 무척 흡사했다.

'설마, 비늘족에게 알을 심고 간 인간이……'

페르노크가 옆으로 몸을 날렸다.

쾅!

그가 있던 자리에 물기둥이 치솟아 점액질처럼 달라붙으려 했다.

바다의 근원은 물을 다스린다.

그리고 한 줌의 물을 거대한 파도로 증폭시킬 수 있다.

콰아아아-!

바닥에 고인 물이 사방으로 비산하여 구체를 형성한다.

뱀의 미간에 박힌 푸른 구슬이 번쩍이자, 구체는 셀 수도 없는 얇은 가시로 나뉘어졌다.

꼬리로 물을 내리치기 무섭게 허공에서 소나기 같은 근원이 쏟아져 내렸다.

페르노크가 4레벨 물의 마법을 사용해 얇은 막을 만들어 가시를 받아 내고, 그것들을 긁어모아 거대한 창으로 만들어 다시 되돌려 보냈다.

쾅!

창이 뱀을 꿰뚫고 벽에 고정시켰다.

바둥거리는 몸을 타고 올라가 미간의 구슬을 부수자 푸르스름한 연기가 사방으로 흩어졌다.

페르노크가 코를 막으며 떨어졌다.

'근원에서 사기가 느껴진다고?'

보면 볼수록 해괴한 형태다.

대체 어떤 방식으로 근원을 배양했으며 어떻게 강제로 심어 버렸는지 멱살을 붙잡아 묻고 싶을 정도다.

우우웅!

페르노크가 천장으로 시선을 올렸다.

흑요가 천장의 작은 구멍으로 근원을 흘려보내고 있었다.

'저곳인가.'

아직 마도사의 기척은 느껴지지 않았다.

구멍 속에서 특별한 근원도 감지되지 않았다.

그러나 페르노크는 벽을 밟고, 천장을 넘어 구멍 속을 질주했다.

굽이치는 길을 빠르게 돌파하니, 가슴 중앙에 근원을 품은 은의 병사들이 작은 문 앞을 지키고 있었다.

"쯧."

전부 시체다.

간신히 형체만 남을 정도로 근원에 파먹힌 상태를 보니 부아가 치밀어 올랐다.

망자의 혼은 명계에 있을진대, 어찌하여 육신은 편히

쉬지 못한단 말인가.

기사왕의 무덤을 지키던 충직한 기사가 떠올라 페르노크는 단호히 손을 털었다.

쾅쾅쾅쾅!

은이 한 무더기로 쓸려 나갔다.

제아무리 근원을 품었다고 하지만, 이곳은 지하에다가 습기밖에 없다.

물과 땅을 제외한 원소 계열의 근원은 맥을 못 추고 무너진다.

'자의식도 없군.'

동시에 근원을 발동하니 서로의 지배력에 간섭하게 되어 위력도 떨어진다.

이런 형태의 시체들을 전술적으로 활용하기 위해선 머리가 필요하다.

'어디 있지.'

단순히 보관고로 이 장소를 활용하진 않았을 것이다.

페르노크는 시체들의 안식을 찾아 주며 주위를 둘러보았다.

관찰안에는 은의 병사들이 전부였고, 특별한 낌새는 없었다.

'안쪽인가.'

근원을 모두 부숴 버린 페르노크가 문 앞에 섰다.

마르코가 말한 특별한 감옥과 생김새가 일치했다.

열쇠 구멍처럼 보이는 홈에 성물을 넣고 돌리자 공간이 진동하며 문이 열렸다.

그곳은 온통 은으로 뒤덮인 세계였다.

그 안에 이질적인 까만 창살이 드리웠고 깡마른 사내가 묶여 있었다.

페르노크가 은의 세계에 발을 디디며 뒤로 주먹을 휘둘렀다.

카앙!

아무것도 없는 허공에서 금속이 충돌하는 굉음이 터져 나왔다.

"네놈이 이 말도 안 되는 짓거리를 해 댄 머저리인가."

페르노크는 쇠창살이 아닌 오른쪽 구석을 노려보았다.

그러자 공간이 일렁이며 쇠창살만 존재했던 이곳에 갖가지 가구가 나타났다.

쇠창살의 위치도 반대로 바뀌었고, 구석에 느긋이 기대어 있던 사내도 모습을 드러냈다.

외팔이의 사내, 은의 신관이 머리 위에 사각형의 은을 띄우며 웃고 있었다.

"그럼 그렇지. 마르코 혼자서 성물을 탈취할 리가 없었어. 조력자가 있을 거라고 생각했는데, 설마하니 어둠의 근원을 가지고 있을 줄이야."

뺨을 가로지르는 흉터에 날카로운 인상.

새벽 신관복을 입지 않았다면 도저히 신관이라 생각하

지 못할 흉흉한 마력을 흘려보냈다.

"마력을 가지고 있는데, 근원까지 머금어? 내가 찾던 미래가 여기 있었구나!"

페르노크가 뒤에서 부스럭거리는 기척을 힐끗 살폈다.

절망군주의 기억이 요동치고 있다.

흑요에 잠든 근원 또한 저 사내에게 향한다.

"라일을 아나."

감옥을 등지고 흘려보낸 말에 결박된 사내, 클라인이 고개를 번쩍 들어 올렸다.

"근원의 후계자를 어찌……?"

그것으로 클라인을 살려야 할 이유가 충분했다.

"아는 사이였나."

은의 신관이 두 사람을 함께 보며 눈웃음을 지었다.

"알고 있으면 진작 말해 주지 그랬나! 난 어둠의 근원이 클라인, 너에게만 있는 줄 알았다!"

"닿으면 안 돼!"

클라인이 소리치지 않아도 관찰안에 이 공간을 잠식한 마력의 흐름이 포착된다.

대외적으로 알려진 은의 신관의 마도술은 존재하는 모든 것들을 은색으로 뒤덮어 잠들게 하는 것.

하지만 병사들의 모습을 보건대, 은의 신관의 진정한 마도술은.

'지배.'

은색에 닿은 모든 것들을 전염시키고 속박시켜 꼭두각시처럼 부리는 힘이다.

아주 단순했지만 그렇기에 더더욱 색에 스치면 안 되는 섬세한 전투를 요구한다.

페르노크가 0.5초 앞의 상황을 읽고 고개를 옆으로 까딱거렸다.

은색의 무언가가 머리칼을 스쳐 지나갔다.

떨어진 머리칼이 은색으로 뒤덮여 바닥에 흡수되었고 페르노크 몸에 달라붙으려 했다.

화르륵!

페르노크가 전신에 불을 뿜었다.

[인페르노 Lv.6] [원염 Lv.5]

두 가지의 화염 마법을 섞어 보내니, 클라인은 물론 은의 신관까지 눈을 부릅떴다.

"자연계 마법까지 부린단 말이냐! 놀랍구나! 어디서 이런 괴물이 나왔을꼬!"

불은 은을 태우지 못했다.

오히려 은이 달라붙자 타오르는 모습 그대로 굳었다.

'마법까지?'

은이 허물어짐과 동시에 페르노크가 바람과 물을 동시에 일으켜 쏘아 보냈다.

"더블?"

모두 신관 앞에서 은으로 변했으나, 별안간 신관의 표정이 악귀처럼 일그러졌다.

"그 계집년과 똑같은!"

은이 그의 몸에 달라붙었다.

신관의 코와 눈과 귀를 제외한 모든 것이 은으로 날카롭게 다듬어졌다.

"그럼에도 사랑스럽구나!"

은과 은이 접촉하자 물처럼 미끄러졌다.

순식간에 페르노크의 품으로 파고든 신관이 외팔을 칼처럼 휘둘렀다.

페르노크는 섣부르게 반격하지 못했다.

훤히 보이는 공격조차 닿는 순간 페르노크를 은으로 전염시켜 버린다.

'형태가 있는 것들만 은에 지배당한다.'

마법이 허물어지는 모습을 보면서 확신했다.

'마력처럼 순수한 에너지나 형태가 없는 것들은 은으로 물들이지 못해.'

불과 바람과 물의 마법은 은에 물들어 굳어졌지만, 마력이 빠져나갔기에 그대로 소멸한 것이다.

은의 신관을 몰아칠 방법은 순수한 에너지로 밀어붙이는 것.

'강화 계열엔 천적이겠군.'

신관의 몸놀림은 제법 유연했지만, 달인의 무술과 비교했을 때 조잡한 측면이 많다.

그 빈틈조차 아랑곳하지 않고 공격에 전념할 수 있는 이유는 몸을 감싼 은의 장막 때문이다.

그 막을 한 꺼풀 벗겨 낸 뒤에 순간적으로 연타를 먹인다면 은의 신관을 제압할 수 있다.

'스쳐서도 안 돼. 피하는 건 시간이 갈수록 힘들어지고, 맞대지도 못한다. 그럼.'

페르노크가 땅 고르기라는 마법을 사용해 지면을 울퉁불퉁하게 바꾸고 파편 몇 조각을 눈앞에 띄웠다. 그리고 파편을 쏘아 보냄과 동시에 글러브를 내뻗었다.

퍼억!

돌이 닿아 은에 뒤덮이기 전.

1초도 안 되는 그 짧은 사이에 돌을 주먹으로 밀어붙여 가슴을 가격하니, 신관은 뒤로 밀려났다.

'찰나의 틈새.'

페르노크가 같은 방식을 연달아 사용하려 하자 은의 신관이 거리를 두고 물러났다.

'저 막을 온전히 벗겨 버리려면 이곳의 은을 모두 부숴 버려야 한다.'

거리가 확보되었고, 은을 지워 버릴 힘이 글러브에 모여들었다.

'이곳의 충격이 지상까지 오르는 순간, 대신전에서 이

상황을 포착한다.'

마도사 한 명을 지워 버리는 힘이다.

아무리 대신전에서 멀리 떨어졌다고 하나 마도사들은 분명 눈치챌 것이다.

하지만 위험을 감수하지 않고선 은의 신관을 죽일 수 없다.

"어쩔 수 없군."

다소의 무모함을 감내해야 한다고 생각한 순간, 페르노크의 글러브에 빛이 모여들었다.

순환 연동.

은으로 뒤덮인 공간조차 정체불명의 힘을 두려워하여 떨기 시작했다.

"아직도 감춘 게 있단 말인가!"

신관은 그것을 이해하지 못했다.

그가 경험했던 모든 힘들보다 순수했고 파괴적이었다.

미지에 맞선 마도사의 선택은 공간의 압축.

은을 눈앞에 뭉쳐 절대 수호의 영역을 구축하는 것.

콰아아아아앙!

순환 연동을 머금은 오버 임팩트가 터져 나오고 고밀도의 은이 하나로 뭉쳐 빛을 가로막는다.

"……!"

신관의 웃음기가 가셨다.

'마력 장악으로 흐트러뜨리지 못해?'

강한 힘을 발동할 때, 그 심지가 되는 부분을 마력 장으로 흔들어 균형을 무너뜨리려 했다.

하지만 신관의 역수는 오히려 은이 갉아 먹히는 악수가 되고 말았다.

까드득!

마도사의 사고는 그 와중에 최선의 생존법을 추구했다.

어처구니없지만 힘 대결에서 밀리고 있다. 그렇다면 부족한 힘으로 맞받아칠 필욘 없다.

이 힘을 위로 흘려보낸다.

'대신전에서 눈치채겠군.'

지금까지 은을 이용해 이곳에서 빠져나가려는 근원을 붙잡았다.

사소한 마력 하나조차 흘리지 않으려 성소의 은밀함에 은을 덧씌웠다.

어느 한 곳에 구멍이 뚫린다면, 자신이 증오해 마지않는 그 괴물이 이곳을 파악할 것이다.

하지만 방법은 이것뿐이다.

'놈들이 오기 전에 그보다 먼저 저 기묘한 놈을 제압한다.'

연구 자료로서 손색없는 페르노크에 탐욕을 드러내니, 신관의 마력이 은에 스며들어 오버 임팩트를 기어이 천장으로 돌려보냈다.

콰아아아앙!

사방을 가득 채운 빛이 천장에 구멍을 뚫었다.

"헉!"

클라인을 가둔 감옥이 부서졌다. 하지만 그쪽을 신경 쓸 겨를은 없었다.

남아 있는 은을 얇게 편 신관이 페르노크를 찾아 주위를 살폈다.

그때, 달빛보다 강렬한 빛이 허공에서 터져 나왔다.

신관은 오싹한 소름이 돋았다.

어느새 하늘이 셀 수도 없는 마법으로 가득 채워졌기 때문이다.

'질긴 놈.'

본래 오버 임팩트로 은을 모두 태워 버린 다음, 천벌을 사용할 생각이었다.

하지만 딱딱하기만 할 줄 알았던 은이 물처럼 부드럽게 변하여 오버 임팩트를 흘려보냈다.

상식으로 이해하기 어려운 오버 임팩트에 순간적으로 대처한 판단력과 실행력은 성황국을 오랜 시간 지켜온 마도사다웠다.

'회복할 시간을 줘선 안 돼.'

은색은 한 줌으로 공간을 전염시키는 위험한 마도술이다.

천벌을 만들기 위한 시간보다 은이 재생성될 시간이 더 빠르다고 판단.

과감히 큰 기술을 포기하고 대처 불가능한 마법의 난사로 마지막 남은 신관의 은을 찢어 버린다.

　'아무리 닿은 것들을 은으로 물들인다고 하나, 저렇게 면적이 작아선 모든 부위를 가리지 못한다.'

　마력이 텅 비어도 상관없다. 그 이후엔 영력이 남아 있으니까.

　가진 마법을 모두 쏟아 버리고, 저항하지 못하는 육신에 확실한 천벌을 내리꽂는다.

　콰콰콰콰쾅!

　얇아진 은으로 감당 못 할 무수한 마법이 신관에게 쏟아졌다.

　천지가 폭발하는 굉음이 아르모사의 고요를 깨뜨렸다.

* * *

　대신전에 모인 신관들은 밤이 늦어서까지 회의를 진행하고 있었다.

　새벽 신전에서 벌어진 두 가지 사건.

　성물 탈취와 실험실의 존재 때문이었다.

　"새벽 신전을 샅샅이 조사해야 합니다!"

　"아무리 그래도, 개인의 잘못을 전체에게 전가시킨다는 것이……."

　"자애의 신관께서는 너무 너그럽습니다. 아니, 이 신성한 성황국에서 어둠을 키워 내는 실험이라니요!"

"그러고 보니 30년 전에 전대 교황 성하를 덮친 사건이 있지 않았습니까? 그때도 분명 어둠이란 말이 나돌았었지요?"

"그럼 새벽 신전에서 자작극이라도 했다는 겁니까?"

신전을 갈아엎어야 할지도 모르는 중대한 사건에 모두의 신경이 예민해져 가던 순간이었다.

"그러면 은의 신관을 경질하는 쪽으로……."

소란스럽던 장내가 일시에 침묵했다.

땅에 진동하나 올리지 않았다.

그럼에도 신관들은 똑같은 방향으로 고개를 돌렸다.

은과 더불어 이루 말하기 어려운 강렬한 무언가를 느꼈기 때문이다.

"외곽지역."

대신관이 웃었다.

"그런 곳에 숨어 있었군요."

3장. **성자의 유해**

성자의 유해

지상까지 터져 나온 힘에 아르민이 화들짝 놀랐다.

"어…… 어어……!?"

인근을 순찰하던 병사들이 몰려오기 시작했다.

"이런……!"

아르민이 바로 구슬을 깨뜨렸다.

* * *

마르코도 같은 파동을 느꼈다.

통로를 밀고 들어오는 은의 병사들은 모두 정리했다.

이제 페르노크와 합류하면 되는데…….

"마르코! 여기서 나가야 해!"

"구슬이 깨졌어!"

"아르민이 신호를 보냈다고!"

페르노크가 승부를 봤다면 신호는 그에게서 와야 옳다.

하지만 이만한 충돌이 발생했는데, 신호는 아르민에게서 왔다.

충돌이 계속 커져만 간다는 것.

저곳의 상황이 안 좋은 방향으로 흘러간다는 뜻이다.

'보스와 페르가 잘못된다면?'

마르코가 안절부절못하고 있을 때, 아이들이 다급하게 외쳤다.

"마르코!"

"고집부릴 때가 아니야!"

명령은 절대복종.

페르노크의 말을 떠올린 마르코가 등을 돌렸다.

"젠장!"

무너지는 잔해를 뒤로하고 신전을 빠져나갔다.

* * *

일 초라도 더 빨리.

대신전이 오기 전에 어서!

구슬이 부서졌지만 그걸 느낄 여유도 없었다.

페르노크의 무차별 난사에 은이 찌꺼기만 남겨진 순간.

영법 - 천벌.

페르노크가 휘청거리는 은의 신관에게 새하얀 번개를
내리꽂았다.
그때, 사각형의 목함이 끼어들었다.
쿠르릉, 콰아아앙!
삽시간에 나무를 불태우고 튀어나온 것은 새하얀 뼈.
팔꿈치에서 손가락까지 이어진 뼈는 잡티 하나 없이 깨
끗하여 조형물처럼 보일 정도였다.
쉽게 부서질 것 같은 뼈를 천벌은 뚫지 못했다.
오히려 뼈에 영력이 스며들었고, 페르노크의 기억이 흔
들렸다.

* * *

[스승님!]

성자의 마지막 남은 제자, 라플라스가 비통함에 외쳤다.
성자는 흐릿한 미소를 머금으며 제자의 뺨을 쓰다듬었
다.

[미안하구나. 내 너희들을 지켜 주고 싶었는데…….]

오랜 전쟁 끝에 살아남은 건 라플라스뿐이었다.

[그런 말씀 마십시오! 어서 일어나셔서, 다시 한번 제자와 가여운 자들을 돌보셔야지요!]
[내겐 이제 그럴 여력이 없다.]
[스승님!]
[슬퍼할 필요 없다. 절망도 죽지 않았더냐. 제아무리 절대자라도 언젠간 죽는 법이야. 내겐 그 시기가 조금 빨리 찾아왔을 뿐이고.]

성자가 떨어져 나간 자신의 팔을 붙잡고, 그 안에 마지막 남은 광휘를 불어넣었다.
살점이 벗겨진 새하얀 팔뼈에 순백의 광채가 흘렀다.

[이것을 가지고 아직 구하지 못한 대지로 향하거라. 나의 마지막 간절함이 그곳에 안식을 되찾아 줄 것이니라.]

그러자 제자가 광휘를 집어 들며 간절히 외쳤다.

[제자는 반드시 스승님을 살릴 것입니다! 설사, 그것이 근원과 손을 잡는 일이라 하여도!]

* * *

"피해!"

날카로운 외침이 페르노크의 정신을 깨웠다.

하지만 마도사들의 승부에서 찰나의 방심은 치명상으로 이어진다.

잠시 기억에 빠져들었던 그 순간에 은의 신관이 얇은 은을 비수처럼 던졌다.

페르노크의 왼쪽 어깨에 비수가 스쳤고 살점이 은으로 물들려는 순간.

서걱!

페르노크가 살점을 도려내며 그 자리를 불로 지졌다. 그리고 땅에 추락하여 정면을 노려보았다.

은의 신관이 환한 표정으로 새하얀 팔뼈를 끼워서 맞추고 있었다.

"그건……."

"이 망할 새끼가! 기어코 망자를 우롱하는 것이냐!"

분노에 가득 찬 클라인의 외침을 비웃듯이 은의 신관이 팔뼈에 은을 덧씌웠다.

은색과 섞여 나오는 순백의 광채.

그것은 분명 성자가 마지막으로 이 땅에 남긴 유해였다.

'왜?'

예상치 못한 조우에 페르노크조차 한순간 사고가 정지되었다.

'어떻게 저것이……?'

비로소 양팔을 가진 은의 신관이 성장의 유해를 자신의 팔처럼 전면에 뻗었다.

"근원은 내 안에 품지 못하였지만, 성자께서는 나를 광휘로 인도하시는구나!"

팔에서 터져 나온 그것은 성자의 광휘였다.

광휘는 곧 정화의 빛.

아군의 것은 살리고 적의 것은 반드시 멸한다.

천벌도, 마력도 저 빛 앞에 모두 지워져 나간다.

"숙여!"

별안간 지면이 무너지고 페르노크가 아래로 빨려 들어갔다.

"하하하하하!"

희열에 찬 웃음소리가 지상에서 터져 나왔다.

* * *

"정신이 들어?"

페르노크가 반사적으로 몸을 일으켰다.

물이 뚝뚝 떨어지는 벽 사이에서 클라인이 어둠을 끌어

모으고 있었다.

"걱정하지 마. 겨우 30초 잠들었으니까."

클라인이 어둠으로 막을 만들어 이곳의 기척을 감췄다.

그리고 페르노크를 응시하며 물었다.

"묻고 싶은 게 참 많아. 당신도 마찬가지겠지?"

근원은 심력이 뒷받침되는 한 몇 번이고 소유자의 몸을 치유한다.

어둠이 살점에 달라붙어 재생되는 모습을 페르노크가 내려다보며 답했다.

"라일의 후계자를 찾아왔다."

"아, 그거 영감한테 듣던 말인데."

어디서부터 말해야 할지 골치 아프다는 듯 관자놀이를 검지로 누르던 클라인이 손가락을 튕겼다.

"피차, 긴말할 시간도 없으니 기억 공유 어때?"

명계에서 페르노크가 영혼의 기억을 전수받을 때 사용하던 절망군주 방식이다.

상대가 가진 수십 년의 세월이 자신에겐 한순간에 지나지 않는다.

"그걸 알고 있나?"

"오, 당신도 알고 있나 봐. 그럼 잘됐군. 서로의 기억을 나눠 보자고. 저 망나니가 이곳을 찾기 전에."

어둠이 두 개의 구슬로 나뉘었다.

클라인이 하나에 손을 뻗어 자신의 기억을 불어넣었다.

페르노크도 하계에 반생하고 난 이후의 기억을 그곳에 담았다.

양자가 구슬을 삼킨 순간, 페르노크의 눈앞으로 낯선 환영들이 스쳐 지나갔다.

* * *

클라인은 전쟁 난민이었다.

오갈 곳 없이 거리를 전전하던 그는 라일의 후계자와 만났다.

밥을 먹을 수 있으면 뭐든 좋았던 클라인은 가벼운 마음으로 노인의 후계자가 되었다.

"근원?"

세대를 거쳐 전승되어 온 힘.

스승은 그 역사를 적나라하게 늘어놓으며 클라인에게 말했다.

"이것은 절망을 희망으로 바꾸는 힘이다."

절망의 시대.

그곳에서 살아남은 마지막 근원의 후계자.

라일이 아드메이스에서 성자의 제자와 합심하여 스승들을 살리려고 했다.

하지만 두 사람 모두 영혼을 불러오는 방법을 찾지 못하여 실패했다.

결국, 후세에 근원을 남기는 것으로 라일은 뜻을 마치려 했고, 라플라스는 대지를 정화하고 성자의 유해를 무덤에 안치시켜 기리는 것으로 이 기나긴 여정을 끝냈다.

"근원을 가진 자의 육신도 결국 썩어 문드러진다. 우린 이곳에 비석을 세우는 것이 전부였지. 하지만 성자의 유해는 이곳에 보관되어 있다. 마지막 순간까지 근원과 함께했던 라플라스의 뜻을 존중하며, 화합을 기리는 의미로 이 무덤을 우리가 지켜 나갔지."

스승은 십 년이 지나 죽었고, 클라인은 그 뜻을 이어받았다.

무덤을 지키며 근원을 다스리던 어느 날.

성황국의 교황이 나타났다.

"이곳에 광휘가 있구나!"

라플라스의 후예가 남긴 기록이 성황국 창세기 서고에

보관되어 있었다.

교황은 예전부터 그 미신 같은 전설을 믿으며 광휘를 찾아 헤맸고, 마침내 이 평온한 안식처를 휩쓸었다.

필사적으로 싸웠지만 교황에게 성자의 팔뼈를 빼앗기고 말았다.

되찾기 위해, 근원의 심연까지 들여다본 클라인은 대신전을 습격했다.

교황에게 치명적인 일격을 가하고, 자신도 부상을 당하며, 은의 신관의 팔을 자르는 기염까지 토했다.

그는 새로운 안식처로 도망쳤다. 하지만 그들은 다시 나타났다.

자신처럼 근원을 가진 아이들을 앞세웠다.

"근원과 광휘! 세상에서 사라진 이 힘들이야말로 대신관을 넘어설 유일한 방법일지니!"

교황의 마도술은 복제였다.

타인과 똑같은 특징을 구현해 내는 힘으로 자신의 심장을 파고든 클라인의 근원을 만들어 냈다.

그리고 클라인이 남긴 근원의 잔재와 대조하여 여러 자연계 마법들을 섞었다.

어둠이 갈라지며 수많은 근원으로 파생되었다.

모두 복제품에 사라져 버릴 물거품 같은 힘.

불완전한 근원이 아이들을 삼켜 버릴 것이었으나 은의 신관은 신경 쓰지 않았다.

"근원만 있다면 시체도 움직일 수 있어! 그래! 군대를 만드는 거야! 새벽을 밝힐 성황국의 위대한 병사를!"

클라인은 아이들을 두고 볼 수 없었다.
특히, 자신과 같이 어둠을 품고 사라져 버릴 것 같은 마르코의 모습이, 거리를 전전했던 그 시절의 자신과 비슷해 보여 결국……

"나와 같이 도망치지 않을래?"

……새벽 신전과의 전쟁을 선포하고 말았다.

* * *

페르노크가 기억에서 돌아왔다.
'마르코와 아이들을 구출해서 근원을 안정화시킨 뒤에 안식처를 찾아 헤맸지만, 결국 실패했군.'
당신의 클라인은 교황에게 받은 상처가 치유되지 않았었다.
그 상태로 아이들을 거두고, 은의 신관까지 상대해야

했다.

'성자의 유해와 자신의 몸을 던지는 대신 아이들을 살렸다.'

그 대가로 클라인은 이곳에서 은의 신관에게 살점을 뜯기며 근원의 연구 소재가 되었다.

'몸은 피폐해졌지만, 심력은 굳건했으니, 쇠한 근원도 이곳을 나가면 되살릴 수 있을 터.'

페르노크가 천천히 눈을 뜨는 클라인을 바라보았다.

"뭐야, 왕자님이었네. 그런데 근원을 어떻게 아는진 기억에 없었어."

"라일의 스승인 절망군주의 유지를 내가 이어받았다. 이 반지는 운 좋게 찾아냈고."

"아! 비늘족의 성지! 그러고 보니 은의 신관이 비늘족의 성지에 갔었지. 내게 바다의 근원을 찾았다고 자랑했었어. 뱀을 한 마리 심었는데, 실패작이라며 근원을 숙성시키는 용도로 남겨 뒀다나 뭐라나."

클라인이 피식 웃으며 고개를 절레절레 저었다.

"참, 질겨. 그놈의 집착도, 이 근원과 광휘라는 것도."

"근원이 싫은가?"

"아니, 이것 덕분에 난 따뜻한 밥 먹으면서 잘 지냈어. 내 일부가 된 힘을 왜 미워해."

"하지만 고문을 당하지 않았나."

"이봐, 왕자님. 난 고통엔 이골이 난 사람이야. 신관?

그런 놈들에게 꺾일 거였으면 애초에 이 힘을 받아들이지도 않았어!"

클라인이 가슴을 두드리며 당당히 외치자, 페르노크가 미소 지었다.

'절망군주, 네 근원을 밝게 보듬어 주는 후예가 여기 있었구나.'

절망군주가 이 모습을 본다면 얼마나 기뻐할까.

"마르코와 아이들이 내 곁에 있다."

"나도 느꼈어. 어둠이 지상으로 올라가고 있더군."

"너도 함께 빠져나가."

"내 기억을 봤으면 잘 알 거야. 내가 지금 무엇을 하고 싶은지."

페르노크가 고개를 저었다.

"성자의 유해는 내가 되찾는다."

"불가능한 걸 알면서 왜 그러실까."

대신전의 강렬한 마력이 이곳까지 느껴진다.

"당대의 대신관은 괴물이야. 보아하니, 다른 신관들도 대신전에 모인 것 같고, 얼마 안 있으면 이곳에 들이닥치겠지. 그럼 은의 신관은 죽고 성자님의 유해도 빼앗겨. 아마, 성황국에서 연구용으로 광휘를 사용할 테니까."

페르노크가 침묵으로 긍정했다.

"하나보단 둘이 낫지 않겠어? 아까 보니까 은을 때려 부수더만. 광휘만 해결되면 신관 놈을 죽일 수 있는 거지?"

"하지만……."

"내가 광휘를 어떻게든 억제해 볼게. 당신이 신관을 죽이고 유해를 가져 이곳을 빠져나가는 거야."

"……그사이에 대신관이 나타나면 유해를 빼앗기는 것뿐만 아니라 너도 죽는다."

"최악의 경우에도 한 가지 방법이 있어. 대신관이 와도 살 수 있는 최선의 판단이지."

페르노크가 응시하자 클라인이 멋쩍게 웃었다.

"최악이 닥치면 그때 알려 줄게."

"네가 이 일에 부담을 가질 필욘 없다."

"난 한 번도 이 상황을 부담스럽게 느낀 적 없어. 그저."

클라인이 후련한 표정으로 말했다.

"내가 받은 은혜를 갚고 싶을 뿐이야. 게다가 이 어둠의 근원은 절대자의 것이었다며? 여기서 물러나면 절망 군주? 그 사람 이름에 먹칠하는 거잖아."

클라인이 이곳에 드리운 어둠을 끌어 모으며 한쪽 눈을 찡긋했다.

"가자고, 저 짐승보다 못한 쓰레기 패 죽이러."

벌떡 일어난 그 모습에선 일말의 흔들림도 보이지 않았다.

막이 걷히고, 광휘로 가득 찬 지상이 보인다.

"근원은 몸이 붕괴되지 않을 수준까지만 사용해라."

"참고하지."

그리고 영력과 근원을 가다듬은 두 사람이 지상으로 솟구쳤다.

* * *

땅이 흔들렸고, 거리를 순찰하던 병사들이 바쁘게 움직였다.

이윽고 그들은 밤을 환하게 밝히는 빛으로 모여들었다.

"누구······."

은이 병사들을 집어삼켰다.

순식간에 은으로 뒤덮인 병사들은 액체처럼 흐물흐물 녹아내렸다.

"실로 충만하도다."

전염된 은을 다시 회수하며 회복한 신관이 허공을 응시했다.

"너희는 어찌하여 이 환희를 거부하느냐. 근원의 아이들아."

은의 신관이 왼팔을 뻗자 광휘가 터져 나와 밤에 드리운 장막을 모두 걷어 냈다.

근원을 몸에 두른 클라인이 모습을 드러냈다.

'광휘를 수족처럼 부리기 시작했나.'

광휘는 온갖 이질적인 것들을 모조리 정화시킨다.

하지만 아군으로 지정된 것은 빛에 닿아도 원형을 유지한다.

적아를 구분하는 방식은 섬세한 조절이 요구된다.

은으로 감싸 광휘를 고정시켰음에도 은이 사라지지 않았다는 건, 이미 신관이 그 경지에 들어섰다는 뜻이었다.

'괴물 새끼.'

접촉조차 허용하지 않는 은.

마법까지 함께 전염시키며 원거리 요격조차 방어하는 은이란 갑옷을 몸에 두르고, 광휘라는 정화의 창으로 상대를 무력화시킨다.

그것을 사용하는 판단력 또한 일반적인 범주를 넘어섰다.

클라인은 은의 신관이 비로소 완전체가 되었다고 생각했다.

예전 교황은 복제 마도술의 틈이라도 노릴 수 있었지만, 신관에게선 전혀 약점을 찾지 못했다.

'하지만 당신은 할 수 있겠지.'

클라인이 이목을 붙잡은 틈을 타 페르노크가 신관의 후방을 점했다.

신관이 고개를 돌릴 때, 근거리에서 오버 임팩트가 터져 나왔다.

피할 수 없다고 판단한 신관이 은을 밀집시켜 막았다.

그리고 반대편에서 클라인이 근원을 칼날로 만들어 날리자, 이번엔 광휘로 몰아냈다.

순간, 신관이 작게 흔들리는 모습을 페르노크가 관찰안으로 포착했다.

'광휘가 약해져 간다.'

성자는 자신의 팔에 마지막 힘을 불어넣었다.

사악한 대지를 정화하고 남은 힘을 팔에 봉인하여 땅속에 묻어 두었다.

시간이 흐르면서 광휘는 점차 소모되어 갔다.

'광휘를 다시 채우지 못해.'

본 소유자가 사라졌으니, 마력처럼 회복하지 못한다.

지금 저 안에 담긴 광휘는 모든 것을 다 이룩하고 남은 힘의 잔재일 뿐이다.

그마저도 마력과 영력까지 정화시킬 정도이니, 광휘의 까다로움이 새삼 기억으로 와닿는다.

[저는 광휘를 신의 은총이라 불렀습니다. 하지만 지금 와서 생각해 보건대, 광휘 또한 세계가 낳은 변화의 산물이 아닐까 합니다. 광휘도 빛을 머금어야 다시 채워지니, 절망군주의 어둠이 이를 방해할 때마다 전 흔들릴 수밖에 없었죠. 하하, 정말 상성이 안 맞는 친구였습니다.]

정화에 반대되는 힘과 계속 맞부딪쳐 깎여 나갈수록 광

휘도 소멸되기 마련이다.

페르노큰 은과 광휘를 번갈아 사용하는 신관을 계속 자극하며 클라인에게 의념을 전달했다.

[계속 광휘와 충돌해서 깎아 나간다면 머지않아 성자의 힘은 바닥을 드러낼 것이다. 광휘는 다시 채워지지 않아. 기회는 그때뿐이야.]

흑요에 깃든 근원과 클라인의 근원을 이어 붙여 생각을 목소리처럼 머릿속에 전달하는 방식이다.

순간의 판단까지 클라인과 함께 공유하자, 그의 눈이 매섭게 변했다.

우웅!

밤의 모든 것들이 신관을 압박하기 시작한다.

신관이 광휘를 펼쳐 보지만 쉽게 떨쳐 내지 못했다.

어둠은 근원의 영역이다.

달빛마저 가려진 한 밤을 팔 하나의 빛으로 모두 지울 순 없는 법이다.

"마도사란 불가능을 가능케 하는 존재! 너희들은 어째서 이 위대한 미래를 계속 거부하는 것이냐!"

신관이 은을 클라인에게 뻗으려 하자, 페르노크가 중간에 오버 임팩트를 터트려 가로막았다.

꽈득!

신관의 왼팔에서 불길한 소리가 들려왔다.

[출력에 한계가 닥쳐오고 있어!]

클라인이 이를 악물며 압박의 수위를 높였다.

그러자 신관은 광휘의 이상 현상을 눈치챘는지 왼팔을 위로 뻗고, 오른팔을 지면에 붙이며 어울리지 않는 마력과 광휘를 동시에 터트렸다.

"큭!"

클라인이 지면에서 뛰어올랐다.

어느새 바닥이 온통 은색으로 뒤덮였다.

밤의 압박이 풀리자, 광휘는 다시 맹위를 떨쳤다.

"이것이 우리가 나아가야 할 길이다!"

주위가 대낮처럼 환해졌다.

터져 나오는 휘광에 은을 제외한 일대의 마력이 모두 소멸하였다.

"보라! 마법조차 하찮아지는 이 찬란한 세계를!"

천지가 모두 신관의 영역이었다.

발을 딛는 것도, 하늘에 떠 있는 것조차 허용되지 않는다.

"광휘에 취해 멋대로 날뛰는군."

그 속에서 유일하게 페르노크의 영력만이 진한 울음을 토했다.

콰지직!

신관의 고개가 위로 올라갔다.

'또 저 이해할 수 없는…….'

광휘에도 쉽게 사라지지 않는 새하얀 무언가.

'……하나, 그것은 이미 한 번 광휘에게 막혔다.'

미지는 살아남은 이후에 천천히 탐구하면 된다.

페르노크에게서 무엇이 터져 나오건 절대 광휘의 공간을 부수지 못할 거라고 생각했다.

그를 비웃듯 페르노크가 영력을 글러브에 흡수시켰다.

"그것이 무엇을 위해 존재하는지도 모르는 얼간이가."

영력과 순환 연동을 합치면 어떤 결과가 펼쳐질까.

오래전부터 고민해 왔던 영법과 더 퍼스트의 합성.

영력에 견딜만한 무기가 있어야 한다는 전제하에 파생된 이 '증폭'의 개념은, 주인과 함께 성장하는 아티펙트 덕분에 완성되었다.

영법 – 천벌.

새하얀 뇌전이 글러브에 스며들고.

순환 연동.

아티펙트가 페르노크의 마력까지 함께 머금어 상반된 세 개의 힘이 그 안에서 서로 부딪치고 어우러져 증폭되니.

오버 임팩트.

천지를 개벽시키는 굉음을 내뿜으며 은과 광휘의 세계를 내달리기 시작했다.

광휘가 한 겹을 걷어 냈지만, 기세가 사그라들지 않았다.

이에 신관이 회복된 은을 전면에 집중시켰다.

'다시 흘려보내면……!'

한데, 갑자기 광휘가 꺼져 나갔다.

신관이 눈을 부릅뜨고 왼팔을 보았다.

광휘가 살짝 흐려져 어둠이 내려앉은 발치에 그림자가 생겼고, 그곳에서 새까만 어둠이 치솟아 왼팔에 끈적거리는 점액질처럼 달라붙었다.

은으로 막아서려 했지만, 전면의 페르노크에게 힘이 모두 쏠려 있었다.

필사적인 근원을 떨쳐 낼 수 없었다.

"이런 짓을 하면 넌 죽어!"

신관이 피눈물을 흘리며 악에 받친 소리를 내뱉자.

클라인이 입가에 흐른 피를 손등으로 훔치며 씨익 웃었다.

"알아 등신아. 내 몸인데 내가 모르겠냐."

근원이 침투될수록 광휘가 거세게 흔들린다.

"아무리 굉장한 사람도, 수백 년이면 흔적도 희미해져. 하물며, 한 번은 세상을 구하고 남겨진 힘인데, 어찌 그게 천년만년 이어질 거라고 생각하냐. 머리는 장식품이야? 이 아둔한 새끼야!"

"클라이이이인!"

남아 있는 광휘가 신관을 지키려 하는 모습을 보며 클라인이 어둠을 끌어모아 팔에 투입시켰다.

그에 반발하듯 광휘가 근원을 타고 클라인의 몸을 역으로 침투하려 했지만, 페르노크가 몰아치는 덕분에 기세가 한풀 꺾였다.

'이제 그만 제 근원과 함께 같이 쉽시다, 성자님.'

심장 속에서 무언가 갈라지는 소리가 들렸을 때, 클라인의 근원이 폭등하여 밤을 타고 팔의 광휘를 억눌렀다.

그 순간 페르노크의 오버 임팩트가 은을 찍어 눌렀다.

콰아아아아—!

육신이 불에 타는 것 같은 고통을 느끼며 신관은 생각했다.

'나도 근원처럼 내 몸을 마력에 섞을 수만 있다면⋯⋯.'

굳이, 이런 공격에 고통받지 않아도 된다.

찰나에 떠오른 깨달음이 신관을 각성시켰다.

근원에서 광휘, 마법으로 이어지는 수많은 연구의 결과물들이 그의 마도술을 자극했고.

'둘 다 전력을 토했다.'

살아남기 위한 발버둥 덕분에 S1의 벽을 넘어섰다.

차오르는 환희에 신관은 웃었다.

'은이 나아가야 할 길은 재생과 창조. 나는 다시 한 번

부활하리라. 그리고 그 괴물에게서 내가 가져야 할 자리를 되찾으리라!'

신관이 지면에 퍼져 있는 은 속에 녹아들었다.

페르노크의 오버 임팩트가 빈자리를 두드렸고, 신관은 그곳에서 제법 떨어진 자리에 다시 몸을 만들었다.

10초? 아니, 5초면 충분하다.

다시 회복된 자신은 이전과 다르다.

S2의 힘을 마음껏 뽐내며 광휘 없이도 클라인과 페르노크를 죽일 수 있다.

새롭게 각성된 마도술의 깨달음이 그의 성장을 가속화하는 그 순간.

"감히."

페르노크가 눈앞에 파고들었다.

"내게서 도망칠 생각을 하였느냐."

관찰안으로 은의 신관의 영혼이 새롭게 변화하는 과정을 지켜봤었다.

신관은 페르노크를 속였다고 생각했지만, 모든 경로가 어디로 이어지는지 관찰안은 포착했다.

그리고 신관이 마지막으로 발버둥 치려는 가장 나약한 순간.

은도, 광휘도 사라진 그 심장에 손날을 관통시켰다.

"어설프구나."

뽑아 든 손에 팔딱거리는 심장이 있었다.

"모든 게 다."

페르노크가 심장을 터트리자 은의 신관은 피를 토하며 그 앞에 허물어졌다.

싸늘하게 굳어 가는 은의 신관 앞으로 창백한 안색의 클라인이 다가왔다.

"진짜 죽은 거 맞지?"

페르노크는 신관에게서 솟구치는 영력과 마력을 보았다.

"다신 살아나지 못한다."

"워낙 질긴 놈이라 걱정했는데 다행이군."

긴장이 풀렸기 때문인지, 페르노크가 휘청거렸다.

최대 출력의 천벌과 순환 연동을 연달아 사용했다.

오랜만에 몸의 과부하를 느끼지만, 신관의 영력은 거두고 싶지 않았다.

수하의 유해를 멋대로 유린한 자의 영력과 마력을 받아들인다면, 그 이유가 무엇이든 성자를 욕되게 하는 짓처럼 느껴졌기 때문이다.

페르노크가 하계에서 처음으로 부리는 고집이었다.

하지만 저 은의 마도술을 거두고 싶지 않을 정도로 성자의 유해가 더럽혀진 일에 분노하고 있었다.

'네놈의 혼은 어디서도 머물지 못할 것이다.'

페르노크가 신관의 혼에 손을 얹어 그대로 움켜쥐었다.

신관의 혼은 명계로 가지 못하고 그대로 소멸했다.

동시에 영력과 마력이 함께 사라지며 시체에서 성자의 뼈가 똑 떨어져 나왔다.

"광채가 사라져 가는군."

광휘가 없어지는 것보다 유해가 멀쩡해서 다행이라고 생각했다.

페르노크가 옷자락을 찢어 유해를 곱게 감쌌다.

그리고 클라인을 돌아보는데…….

"……?"

기이한 변화가 눈에 띄었다.

심장에 박혀 있던 근원의 씨앗이 비대해져 있었다.

언제 폭발해도 이상하지 않을 상태였다.

"너……."

"잠깐, 빌릴게."

페르노크 손가락에서 흑요를 빼낸 클라인이 그곳에 남겨진 근원을 흡수했다. 그리고 다시 자신의 근원을 흑요에 집어넣었다.

순환 속에서 클라인의 어둠은 여전히 짙었지만, 특유의 깊은 감각이 느껴지진 않았다.

그건 마치 껍데기만 걸친 듯한 모습이었다.

"근원의 알맹이는 심연이야. 지금 나는 불순물만 걸쳤고, 심연은 그 반지에 담았어. 내 기억까지 함께."

클라인이 쓰게 웃으며 반지를 허공에 띄우자 성자의 유

해까지 함께 묶였다.

"마르코에게 보낼게."

클라인이 근원을 불어넣자, 반지가 유해를 휘감고 유사한 근원을 찾아 빠르게 이동한다.

"뭐 하는 짓이냐."

"안전한 곳에 보내 두려고."

"그걸 묻는 게 아니다. 왜 처음부터 말하지 않았지?"

근원이 비대해지고 나서야 그 안에 꽁꽁 숨겨 두었던 클라인의 본모습을 볼 수 있었다.

"근원이 처음부터 갈라져 있다고 왜 말하지 않나!"

관찰안으로도 멀쩡해 보였던 근원은 사실 그 속이 쩍쩍 갈라진 상태였다.

힘이 빠져나가는 것을 억지로 막기 위해 또 다른 막을 덧씌워 근원처럼 위장했을 뿐이다.

"솔직히 말하면 내 몸을 고칠 순 있었고?"

부서지는 근원을 고칠 방법은 하나뿐이다.

그 근원을 내려 준 자에게 새로운 근원을 이식받는 것.

하지만 이곳엔 절망군주가 없다.

페르노크도 근원을 품지 못했다.

마르코의 가짜 근원으론 저것을 대체하지 못한다.

"방법을 찾아보겠다. 우선, 이곳을 빠져나간다. 마도사들이 모여들고 있어."

대신전을 벗어난 마력들이 이곳에서 1킬로미터 떨어진

곳까지 거리를 좁혔다.

은의 신관을 예상보다 빠르게 처리한 덕분에 탈출할 여유가 생겼다.

"근원을 대체할……!"

"어둠."

그건 페르노크의 예상을 벗어난 상황이었다.

목소리가 들리고 나서야 깨달았다.

전혀 감지할 수 없는 누군가가 마도사들보다 먼저 이곳에 도착했다는 사실을.

"그렇군요."

코 아래까지 면포로 덮은 순백의 신관복을 입은 여인.

관찰안으로 보고 나서야 거대한 영혼의 깊이를 느낄 수 있었다.

성황국의 대신관이자 복수의 마도술을 가진 S3의 마도사.

"당신들인가요."

아리샤가 페르노크와 클라인을 고요히 지켜보고 있었다.

4장. 의지

의지

단지, 시선이 마주쳤을 뿐인데 온몸이 얼어붙는 느낌이었다.

영원 같던 찰나를 뒤이어 도착한 자들이 깨뜨렸다.

"은의 신관이 죽었습니다."

4명의 신관들이 4방향을 점했다. 모두 S1과 S2의 마도사들이었다.

그들이 흘려보내는 마력만으로 온몸이 저릿해졌다.

"설명을 구해야 할 당사자가 죽었으니, 이를 해명할 방법이 없습니다. 어찌할까요, 대신관님."

클라인과 페르노크에게 시선을 고정시킨 채 답을 구하는 신관들.

아리샤는 은의 신관과 지면에 뚫린 구멍을 번갈아 보며

나긋하게 답했다.

"사제장의 조사만으로 부족했던 증거는 저 안에 있겠군요. 그리고 어둠을 두른 저자가 그 결과물이겠죠."

대신관이 은의 신관의 시체를 내려다보며 슬픔이 묻어나오는 목소리로 말했다.

"미래로 나아간다는 새벽이 어찌 어둠을 탐하여 과거로 돌아갔단 말입니까. 미래는 마법에 달려 있는데, 당신은 그저 나약함을 숨기고자 과거에 매달렸군요."

대신관이 고개를 저었다.

"질투는 인간을 성장시키는 욕구. 부정하지 않고 경멸하지 않습니다. 당신은 그저 그 정도의 사람일 뿐이니까요."

은의 신관에게 작별을 고한 대신관이 몸을 돌려 신관들에게 명했다.

"불순한 연구로 수많은 희생을 일으킨 은의 신관에게 심판을. 그리고 그를 도운 모든 자들과 흔적들도 마땅히 대가를 치러야 할 것입니다."

그리고 클라인과 페르노크에게 시선을 돌렸다.

"어둠과 그에 어울리는 모든 것들을."

맑은 목소리에 노여움이 섞였다.

살짝 흘러나온 마력만으로 두 사람은 느꼈다.

죽는다.

마도사들이 나설 필요도 없이, 아리샤가 가볍게 움직이

는 것만으로 지친 두 사람을 아주 쉽게 찍어 누를 수 있다.

'처음이군.'

페르노크가 관찰안으로 바라본 아리샤의 영혼은 완벽한 형태를 이루고 있었다.

그건 이미 위업을 달성한 자의 영혼이자, 절대자라 부를 만한 그릇이었다.

'하계에서 군주급과 마주한 것은.'

만전의 상태에서 모든 기술을 퍼부어도 저 몸에 흠집이 나 낼 수 있을까.

'적어도 동화율이 70프로 이상은 되어야 승부를 점칠 만해.'

가까스로 아리샤를 벗어난다 해도 신관들이 문제다.

그들은 은의 신관과 비슷하거나 그 이상의 힘을 지니고 있다.

마도사들에게 발목이 붙잡힌 사이 수도에 거주하는 수만 대군이 이곳까지 몰려 온다.

우려했던 최악의 상황을 피할 방법이 떠오르지 않는다.

은의 신관을 빠르게 처리했음에도 아리샤는 그 이상의 역량을 자랑하며 페르노크를 벽처럼 막아섰다.

[걱정하지 마.]

그때, 클라인의 근원이 어둠을 타고 페르노크에게 전달되었다.

[방법이 있다고 했잖아.]

별안간 클라인이 신관들에게 어둠을 흩뿌렸다.

페르노크가 바로 반응했지만 클라인에게 다가가지 못했다.

그림자에서 뻗어 나온 어둠이 페르노크의 발목을 붙잡았기 때문이다.

그리고 상황이 격발되었다.

"허튼 수작이다!"

이 중에서 가장 호전적인 빛의 신관이 나섰다.

흰 눈썹만큼이나 새빨간 불꽃을 토하며 어둠과 맞부딪쳤다.

클라인이 피를 흘렸지만, 씨익 웃으며 밤을 뒤흔들었다.

"확실한 어둠이다."

자애의 신관이 손뼉을 마주치자 불과 어둠이 훅 꺼졌다.

밤이 닿기 전에 몸을 찌부러뜨릴 압력이 클라인에게 쏟아졌다.

까드득!

클라인이 이를 악물며 피눈물을 흘렸다.

균열은 걷잡을 수 없이 불어났다.

그와 반대로 어둠은 더욱 기세를 돋웠다.

'생명을 근원에 바쳐?'

근원에서 금기시되는 방법이다.

절망군주도 제자들에게 누누이 충고했었다.

[아무리 급한 상황이어도 근원에 유혹당해선 안 된다. 너희 몸의 일부가 될지라도 근원은 언제나 너희를 탐할 수 있다. 근원은 소유자의 생명을 원하니, 현혹되는 순간 한계를 넘어선 힘을 얻겠지만 그 대가로 너희는 말라비틀어져 죽을 것이다.]

자신을 불사른 대가가 어떤 결과를 초래했는지, 절망군주는 비통하게 외쳤다.

클라인도 그 대가를 모를 리 없다.

그런데 자꾸만 부딪친다.

마도사들에게 근원이 더 자극받고, 자신의 생명이 태워져 어둠이 반발하여 커지도록.

"은의 신관이 걸작을 만들었군요."

지켜보던 다른 신관들도 합세한다.

압력에 짓눌리고, 불에 태워지며, 칼에 베인다.

다양한 마도술 앞에 클라인은 위태롭게 꺼질 것만 같았다.

"대신관님, 저것이 30년 전의 사건을 일으킨 어둠인 듯합니다."

"하지만 전대 교황님과 부딪혔다고 하지 않았나요."

"자작극이었을 가능성도 있습니다. 혹은 실험이 완전치 못해 통제가 불가능했다거나."

아리샤가 고개를 끄덕였다.

"통제 못 할 위험은 심판해야 마땅합니다."

신중히 상황을 지켜보던 아리샤까지 나섰다.

그녀가 살짝 내비친 마력만으로도 일대의 어둠이 술렁거렸다.

페르노크의 심장이 거칠게 뛰었다.

까드득!

이를 악물며 진탕되는 속을 억지로 달래어 간신히 마력강체술을 끌어 올렸다.

마력도, 영력도 발동할 수 없었다.

오버 임팩트를 터트렸다간 오히려 한계를 맞이한 육신이 터져 버릴지도 몰랐다.

무한한 영력이 있으나, 동화율이 부족하여 끌어 쓰지 못하니, 보기 좋은 그림에 불과하다.

남은 수단이 없다.

하지만 수하의 후예를 지키겠다는 일념으로 페르노크가 그림자를 떨쳐 냈다.

[이제 됐어.]

그때, 클라인이 미소를 머금었다.

[대신관의 판결이 내게 내려졌으니까.]

그리고 심장에 터져 나오는 어둠을 사방에 터트렸다.

[아무것도 걱정하지 마.]

비대해진 어둠이 삽시간에 주위를 자욱한 연기로 뒤덮었다.

클라인과 페르노크가 삼켜졌고 신관들을 밖으로 밀어냈다.

빛의 신관이 눈살을 찌푸리며 불꽃을 터트리려 했다.

아리샤가 손을 뻗어 연기로 향하는 불꽃을 가로막았다.

"위험합니다."

"예?"

아리샤가 연기를 손가락으로 훑었다. 마력이 그 안으로 스며들었다.

"마력을 흡수하는 특별한 형태입니다. 자칫, 흡수된 마력이 터지기라도 한다면 시가지까지 피해가 번질지도 모릅니다."

"제가 막겠습니다."

자애의 신관이 나서자, 아리샤는 고개를 저었다.

"은의 신관이 죽은 상황에 여러분들까지 부상당한다면 라키스에서 어떤 행동을 취해 올지 모릅니다. 그리고 석연치 않은 구석이 있어요."

"무슨 말씀이신지."

"처음엔 둘 모두 은의 작품이라고 생각했지만, 어둠의 적의가 모두에게 향하더군요."

"혹, 그 멈춰 있던 자 말입니까?"

"예. 그자까지 포함해서 어둠은 우리에게 살기를 드러냈어요. 그리고 지금 어둠은 그자를 삼켰죠."

"혹 이곳에 휘말린 사람이라면……."

"힘이 다했지만 분명 마도사였습니다."

놀란 신관들에게 아리샤가 덤덤히 말했다.

"괜히 여러분들께서 다칠 필욘 없습니다. 억지로 열지 않아도."

부숴 봐라.

하지만 너희도 그만한 피해를 감수해라.

결연하게 의지가 담긴 듯한 연기를 훑으며 아리샤가 엷은 미소를 머금었다.

"이 연기는 곧 사라질 테니까요."

* * *

한 치 앞도 보이지 않은 연기 속에서 페르노크가 아직 이어져 있는 어둠을 이용해 클라인에게 의념을 전달했다.

[이걸로 저들을 막으려고 네 생명까지 다 불사지른 거냐!]

분노 섞인 감정을 클라인은 묵묵히 받았다.

[아니, 이건 탈출을 위한 밑 작업에 불과해.]

[신관들이 뚫어 버릴 거야.]

[절대 못 하지. 억지로 열면 그 녀석들도 피해를 감수해야 하거든. 하지만 대신관은 굉장히 신중한 사람이니, 그런 희생을 용납하지 않을 거야.]

[일단, 모습을 드러내! 탈출 계획을 새로 구상해 보겠다!]

[하하하, 너도 잘 알잖아. 대신관에 4명의 신관이 이곳을 포위하고 있어. 우리 둘 다 살아 나갈 방법은 존재하지 않아. 설사, 광휘가 있었다 해도 말이지.]

페르노크의 표정이 딱딱하게 굳어졌다.

[만전의 상태여도 가능성이 없어 보이더군. 사실, 이걸 예상하고 은의 신관을 빠르게 처리했지만 대신관은 괴물이었어. 혹시 몰라 근원까지 뿌려 뒀는데, 지척까지 도착한 사실을 전혀 몰랐지.]

[아직 포기하긴 일러.]

[말은 고맙지만 달리 선택의 여지가 없어. 정말, 네가 기상천외한 방법으로 이곳을 나간다 해도 내겐 시간이 없거든.]

허탈해 보이는 말과 달리 의념은 묘하게 밝았다.

[어디서부터 설명해야 할까. 사실, 당신에게 넘겨준 기억에 심지 않은 부분이 있어. 애들을 구해서 근원을 안정화시켜 줄 때, 좀 많이 흔들렸거든.]

[그때부터 근원에 균열이 생겼던 건가.]

[미약한 균열이었지. 시간을 들인다면 얼마든지 수복할 수 있었고. 하지만 신관에게 고문받아서 기회를 놓치고 말았어. 난 신관에게 약한 모습을 보이기 싫어서 균열 위에 새로운 근원을 덧씌웠지. 모두가 속을 만큼 완벽하게.]

낮은 웃음소리가 함께 들려왔다.

[한계에서 짜낸 고집이었어. 내게 남은 시간은 고작해야 1년 남짓이었지. 그런데 네가 와 준 거야. 네가 라일을 외쳤을 때, 나는 이곳에서 죽더라도 성자님의 유해를 되찾아야 한다고 생각했어. 내게 남겨진 마지막 기회였으니까. 덕분에 미련 하나를 털어 버릴 수 있었다.]

처음부터 클라인은 살 생각이 없었다.

도망쳐도 얼마 안 가 죽어야 한다면, 마지막으로 성자의 유해를 찾기 위해 목숨을 바친 것이다.

[아, 애들이 다 벗어났군.]

그리고 이 연기는 탈출에 필요한 준비뿐만이 아니었다.

비대해진 근원을 퍼트려 마도사들의 이목을 자신에게 붙잡기 위함이었다.

이곳에서 제법 떨어진 거리에 마르코와 아이들 아르민이 있었으니까.

마도사들에게 그 정도 거리를 좁히는 건 일도 아니다.

그리고 어둠을 포착한 아리샤가 마르코를 습격할지도 몰랐다.

아이들의 미약한 근원을 느끼지 못하게 일부러 자신의 근원을 과하게 퍼트리면서 시선을 붙잡고, 도망칠 시간까지 함께 벌어 주려 한 것이다.

[다행이네. 스승님의 유지를 이을 수 있어서.]

절망군주의 근원은 어둠 속에 감춰진 심연이다.

껍데기인 어둠을 클라인이 품고 심연을 반지에 담아 마르코에게 건넸으니, 근원은 계속 전승되어 나간다.

[고마워. 내 미련을 모두 털어 줘서.]

죽어 나갈 몸으로 결코 이루지 못할 미련이 페르노크 덕분에 해결되었다.

성자의 유해를 무사히 지켰고, 근원을 삼키려는 신관을 죽였으며, 절망군주의 의지는 이제 마르코에게 이어졌다.

참으로 후련해 보이는 웃음을 터트렸다.

[받은 만큼 갚아라. 스승님께서 줄곧 하시던 말씀이시지. 내게 희망을 살릴 기회를 준 당신에게 선물을 줄게.]

그리고 클라인의 의념이 단호해졌다.

[날 죽여.]

[……뭐?]

[은의 신관이 자주 그러더군. 대신관은 개혁을 원하는 신관답지 않은 신관이라고.]

처음부터 도망칠 생각이 없었던 클라인은 신관들이 포위했을 때를 대비해 한 가지 방법을 생각했다.

그건, 은의 신관이 탄생시킨 걸작이 되는 길이었다.

[은의 신관이 나를 만들어 성황국을 전복시키려 했고, 당신은 이를 저지한 영웅이 되는 거야. 새벽 신전의 성물까지 함께 가져가면 성황국은 더없이 큰 빚을 지게 되지.]

[……처음부터 나와 함께 갈 생각이 없었군.]

[대신이라기엔 뭐 하지만, 애들을 부탁할게. 이제 세상에서 근원을 아는 사람은 왕자님이 유일하잖아.]

연기가 옅어진다.

"신관과 싸워 봤으니 알 거야. 용병왕이니, S2의 마도사를 가졌니 하는 것들은 대국에 비하면 보잘것없어. 왕자님 앞에 드리운 어둠은 지금 나를 삼킨 어둠보다 훨씬 짙고 흉흉하지."

어둠이 불길한 인영을 그린다.

"성황국이라는 든든한 방패가 더해진다면 해볼 만한 싸움이지 않겠어?"

"그보다 너를 원했다."

"하하하, 고마워. 정말 고맙지만……."

이윽고 연기가 빨려 들어간 자리에 흉측한 어둠을 두른 클라인이 모습을 드러냈다.

[망설이지 마. 내 삶에 후회가 남지 않도록 최선을 다해 줘.]

눈망울까지 새까맣게 칠해진 그가 심장의 근원을 터트렸다.

그 순간, 폭주하는 힘이 클라인의 전신을 뒤덮었고, 주위를 포위한 마도사들조차 손을 가리며 물러났다.

대신관만이 고요히 지켜보는 가운데.

마지막 생명까지 태운 클라인의 근원이 페르노크를 겨눈다.

"네놈을 죽이고 새벽 신의 위대함을 이 땅에 전파하겠다!"

* * *

"더 멀리 벗어나야 한다! 어서!"

페르노크가 걱정되지만, 사방에서 병사들이 몰려들고 있었다.

그들의 눈을 피해 아이들을 피신시키는 일조차 버거웠다.

아르민이 아이들에게 사제복을 입히고 최대한 이곳에서 멀리 떨어지려 했다.

그때, 마르코가 갑자기 멈춰 섰다.

"움직여, 마르코!"

아르민이 재촉해도 꿈쩍 않던 마르코가 별안간 동쪽 하늘을 바라보았다.

"왜……?"

어둠을 타고 무언가가 마르코에게 날아오고 있었다.

"근원."

마르코가 익숙한 근원을 향해 손을 뻗었다.

페르노크가 끼고 다니던 반지와 천에 휩싸인 길쭉한 무언가였다.

우우웅!

반지에서 근원이 흘러나와 자연스럽게 마르코와 섞였다.

[나다.]

"······!"

마르코가 놀라서 두리번거렸지만 아무도 없었다.

[비슷한 근원 소유자끼리 기억을 전달하는 방식이야. 놀라지 말고 들어.]

"보스?"

마르코가 반지를 쥐고 중얼거리자, 아이들이 몰려들었다.

"왜 그래?"

"보스야."

"어디 있어?"

"여기."

마르코가 반지를 들어 보였지만 아이들은 고개를 갸웃했다.

어둠의 근원이 흐르는 것 외엔 별다른 특징이 없었기 때문이다.

반면, 아르민은 천을 풀고 화들짝 놀랐다.

"파, 팔!?"

따라서 돌아본 아이들도 낯선 팔뼈에 놀라고 있을 때, 반지에서 다시 클라인의 기억이 흘러 들어왔다.

[어디서부터 말해야 할지 모르겠는데, 일단 지금 반지와 함께 보낸 그 팔뼈. 아주 조심히 모셔라. 성자님의 유해다.]

"성자님의 유해래."

아르민과 아이들이 마르코에게 시선을 모았다.

"잘 모시라는데?"

마르코가 떨떠름하게 말하니, 아르민이 서둘러 뼈를 다시 천에 감았다.

[그리고 참 맹랑하구나, 꼬맹아. 아니지, 지금은 20살은 됐으려나. 기억이 가물거리지만 넌 여전히 내 기억 속의 꼬맹이야.]

마르코가 클라인과 처음 만난 날을 떠올리며 피식 웃었다.

머리를 쓰다듬으며 자식처럼 아껴 주던 모습을 지금도 소중하게 간직하고 있다.

[너희들이 모두 날 구하러 온 건 알고 있다. 하지만 정작 날 구한 사람은 페르노크다. 너흰 우리 덕분에 도망치고 있으니, 결국 은혜를 아직도 갚지 못한 거야. 내 말 맞지?]

어떻게 생각하면 그런 결론이 나오는 걸까.

이런 상황에서도 여전히 장난스러운 게 클라인답다고 생각하며 반지를 움켜쥐었다.

[은혜를 받았으면 갚으라고 누누이 얘기했다. 그러니 내 부탁 하나만 하마. 이 흑요 속에 내 모든 기억과 심연을 담았다. 네가 이것들을 보고, 느끼고, 판단해서 지옥 같았던 힘이 사실은 그리 나쁘지 않다고 생각된다면…….]

흑요에 깃든 의지가 마르코에게 전달되었다.

[……성자님의 유해를 지키며, 우리의 근원을 이어 가 주지 않을래?]

알 수 없는 불안감에 마르코는 가슴이 두근거렸다.

하지만 클라인의 부탁을 저버릴 순 없었다.

흑요에 근원을 불어넣은 순간, 클라인이 태어나며 보고 자라고 느꼈던 모든 순간들이 기억으로 정리되어 마르코에게 이어졌다.

* * *

"네놈만 아니었으면 내가 새벽을 밝혔을 거야!"

폭주한 근원에 몸을 맡긴 클라인은 그야말로 광인에 가까웠다.

무엇을 망설이는가.

이미 되돌릴 수 없고 돌이키지 않는다.

결연한 의지가 전해져 오니 페르노크는 마지막 남은 힘

을 끌어 올렸다.

'저 근원은 이제 스스로 불타 사라진다.'

시간이 흐를 때마다 근원은 깎여 이윽고 소유자의 육신
까지 파먹는다.

특히, 어둠의 근원은 생명을 바친 대가로 존재하는 모
든 것들을 소멸시키는데, 그의 영혼까지 포함된다.

절망군주는 유일하게 이 근원의 심판대에서 벗어난 존
재였다.

그렇기에 누구도 달성하지 못한 위업을 가지며 절대자
로서 명계에 들어온 것이다.

하지만 그의 제자들은 심판을 벗어나지 못했다.

근원을 품고, 사용한 대가로 어둠이 그들의 영혼까지
소멸시켰다.

하여, 절망군주는 명계에 올라와서 단 한 번도 제자들
의 모습을 보지 못했다.

마지막 남은 라일도 영혼이 소멸했고, 대대로 이어진
의지는 역대 계승자들을 차례대로 집어삼켰다.

이젠 클라인의 차례다.

'적어도, 너의 혼만큼은 살릴 것이다.'

언제 꺼질지 모를 미약한 마력 하나에 기대어 클라인과
대치한 순간, 지켜보던 신관들이 발길을 들이려 했다.

"아무도 이곳에 끼어들 수 없다!"

상처 입은 야수가 노려보는 듯했다.

페르노크와 눈이 마주친 신관들이 이유 모를 오한을 느끼며 저도 모르게 멈춰 섰다.

"나는 네임드의 길드 마스터 페르노크다!"

신관들은 물론 아리샤까지 놀란 기색을 감추지 않았다.

최근 세계를 울리고 있는 최초의 S급 길드 네임드.

어둠과 대치한 자가 사상 최연소 S급 길드장이라고 하니, 느닷없는 조우에 생각이 흐트러졌다.

"산맥에 뿌려진 어둠을 쫓아 이곳까지 찾아왔다! 신관의 횡포를 보았으니, 너희의 도움을 구하지 않겠다! 이 싸움에 나서는 자! 은의 신관과 협력하는 사도라 판단하겠다!"

페르노크가 단호히 외치며 클라인에게 달려 나가니 신관들은 은이라는 말에 멈칫하였다. 그리고 페르노크와 클라인이 충돌했다.

쾅!

가드한 팔째 허공으로 튕겨 나갔다.

아직은 근원의 힘이 다하지 않았다.

미약한 마력으로 끌어 올린 마력강체술은 클라인의 움직임을 제대로 포착하지 못한다.

그럼에도 페르노크는 달려들었다.

관찰안을 깜빡이며 최대한 클라인의 움직임을 따라붙으려 했고, 계속해서 얻어맞는 구도가 지속되었다.

하지만 시간이 흐를수록 페르노크는 영력을 가져오지만, 클라인의 근원은 흩어져 갔다.

후우웅!

클라인의 동작을 종이 한 장 차이로 피하며 페르노크가 빈틈을 두드렸다.

단단해진 주먹만으론 근원의 껍질을 깨뜨리지 못했다.

"……!"

하지만 다시 시간이 흐르자 클라인이 휘청거렸다.

심장의 근원이 다해 가고 있었다.

더 이상 빨아들일 생명도 없어 보였고, 그의 눈동자가 다시 맑은 색채로 돌아가기 시작했다.

"어떤가."

근거리에서 맞부딪친 클라인이 낮은 목소리로 속삭였다.

"내가 이 힘을 가진 게 부끄럽진 않았나?"

클라인에게서 떨어져 나간 피부가 먼지로 화했다.

붕괴가 시작된다.

모든 생명을 토한 몸은 더 이상 피를 흘리지 않는다.

살과 뼈, 육신을 이룬 모든 것들이 한 줌의 재가 되어 흩어질 뿐이다.

"자부심을 가져도 좋다."

페르노크가 글러브로 후려친 클라인의 어깨가 먼지처럼 부서졌다.

"넌 절망군주가 하지 못한 일을 해냈다."

어느새, 지지할 발목마저 사라진 클라인이 페르노크 앞에 무릎을 꿇었다.

"죽이는 힘으로 누군가를 살리지 않았나."

마르코의 눈이 색채를 잃었다.

아무것도 보이지 않건만, 위로 고개를 들어 올렸다.

페르노크와 시선을 마주치려는 듯이 미소를 머금었다.

"고맙군."

이윽고 마르코의 몸이 바람결에 씻겨 나갔다.

육신이 재로 화하여 사라진 자리에 맑은 영혼 하나만 남겨져 있었다.

영혼의 가슴 어름에서 새까만 줄기가 퍼져 나오려 하자, 페르노크가 서슴없이 손을 뻗었다.

근원이 영혼을 소멸시키기 위해 발버둥 치자, 페르노크는 자신의 영력을 흘려보내 강제로 부숴 버렸다.

'사라져라.'

영혼을 타고 흘러간 초월자의 의지가 소멸해야 마땅한 섭리를 뒤흔들었다.

근원의 잔재가 비명을 지르며 사라졌고 영혼이 해방되었다.

"……."

아주 맑고 눈부신 혼이 명계로 올라가는 모습을 오직 페르노크만이 침묵으로 배웅했다.

* * *

"안녕?"

낯선 소리에 클라인이 눈을 떴다.

황무지 같은 공간에 검은 천 자락을 휘감은 누군가가 내려다보고 있었다.

클라인은 상체를 일으키자마자 깨달았다.

이곳은 명계이며 자신이 죽었다는 사실을.

"누구……?"

"나는 네 안에 심어진 어둠의 시초란다."

클라인의 눈이 휘둥그레졌다.

"설마, 페르노크가 말한 그 절망군주?"

"그래. 내가 너희의 근원을 다스린 그 사람이다."

"수백 년도 더 전에 죽은 사람이 왜 여기에 있습니까?"

명계에 올라온 순간 망자는 자신의 죽음을 깨닫고 환생 길에 접어든다.

클라인은 이미 이 지식을 신체의 일부처럼 자연스럽게 받아들였다.

자신보다 먼저 올라온 절망군주가 이곳에 남아 있으니 의아했다.

"내 근원을 이어받은 자들이 어찌 살아가나 궁금했었 거든."

"아! 그럼 스승님을 뵙지 못한 겁니까?"

"어둠의 근원을 품은 자들은 모두 영혼까지 함께 삼켜져 이곳에 오지 못한다. 너의 스승이란 자도, 라일도, 내 제자들도 이곳엔 오르지 못했지."

"한데, 왜 저는 이곳에 있습니까? 분명 근원을 죄다 터트릴 정도로 싸웠는데."

"주군께서 너를 보살피신 게다."

"주군? 혹시 페르노크 말입니까?"

"하하하, 그분은 이곳을 다스리는 지배자시거든."

클라인이 환하게 웃었다.

"다행이네요!"

"응?"

"혹시 몰라 마르코란 아이에게 심연을 건넸습니다. 페르노크가 곁에 있다면 마르코도 이곳에 올 수 있단 뜻이잖아요!"

"심연을…… 이었더냐?"

"예."

"어째서?"

"제가 계승한 의지였으니까요. 그리고 마르코도 아마 의지를 이어 나갈 겁니다."

클라인이 자리를 털고 일어나 절망군주를 마주 보았다.

"때려 부수는 것밖에 못 했던 저희가 누군가를 품을 수도 있다는 걸 알려 준 감사한 힘이니까요."

절망군주가 말없이 클라인의 눈을 들여다보았다.

한 점의 의심조차 없는 순수한 눈망울에 조심스럽게 물었다.

"후회하지 않았니?"

"전혀."

만약, 죽어서 다시 그리운 사람과 만날 수 있다면 클라인은 스승님을 꼭 보고 싶었다.

만나서 그가 죽은 이후의 일을 얘기하고 함께 웃고 떠들고 싶었다.

그리고 들려주고 싶은 말이 있었다.

하지만 그것이 불가능하단 걸 알게 되었을 때, 클라인은 어딘가 쓸쓸해 보이는 절망군주를 보고 있었다.

"아, 그렇지."

아마도 운명이 존재한다면, 이 말을 스승이 아닌 이자에게 하라는 뜻인가 보다.

"고맙습니다."

클라인은 진심으로 외쳤다.

"당신의 근원이 떠돌이였던 나를 사람답게 살게 해 줬습니다."

"그랬더냐."

"당신의 주군이 그러더군요. 나보고 자부심을 가져도 된다고. 그러니 당신도 당당히 어깨를 피고 다니십시오.

그리고 언젠가 마르코가 올라온다면, 그때도 이곳에 있다면 전해 주세요."

클라인이 씨익 웃었다.

"너를 구한 순간을 단 한 순간도 후회하지 않았다고."

"그래. 기억해 두마."

"아참, 라일이란 분의 뜻을 받들어서 성자님의 유해는 계속 지켜왔습니다. 잠시 빼앗겼지만 이제 되찾았고, 아마 마르코와 페르노크가 지켜나갈 겁니다."

클라인이 후련한 표정으로 뒤를 돌아보았다.

망자의 행렬이 길게 이어지고 있었다.

"이만 가 보겠습니다."

"길을 알려 줄까?"

"하하하하! 어렸을 때부터 길거리를 전전해서 그런가. 길 찾는 건 익숙하니 걱정 마세요."

절망군주에게 고개를 꾸벅 숙인 클라인이 행렬에 들어섰다.

멍하니 길을 따라가는 모습을 지켜보고 있을 때, 옆에서 외팔이의 노인이 나타났다.

"아무래도 내 제자는 없는 모양이군."

"무덤을 내 후예들이 지키고 있었다네."

절망군주가 성자에게 물었다.

"하계에서 자네가 기다리는 것은 존재치 않아."

"그래, 무덤을 지키는 게 이젠 자네의 후예들이니……."

"클라인을 따라가겠나?"

성자가 고개를 저었다.

"마르코란 아이가 남아 있지 않은가. 내 유해를 지켜 준다는데, 그 아이까진 보고 가야지. 자네는?"

"나도 기다리겠네."

"하하, 주군보다 마르코가 먼저 올라올까?"

"글쎄. 어쩌면 함께 올지도 모르지."

절망군주와 성자가 서로를 보며 웃었다.

"그럼 그때 함께 가세."

두 사람은 나란히 중간으로 들어갔다.

하계의 상황을 손꼽아 기다리는 절대자들에게 오늘은 좋은 소식을 들려줄 수 있을 것 같았다.

* * *

페르노크는 햇살이 스며드는 방에 앉아 있었는데, 몸엔 새하얀 천을 걸치고 있었다.

클라인과의 전투 이후 보름이 흘렀다.

페르노크는 신관들에게 구속되어 대신전에 갇혔다.

상황이 정리될 때까지는 이곳에 있어야 한다며 장비는 모두 빼앗긴 상태로 하루종일 창밖만 바라보는 신세였다.

물과 먹을 것은 제때 안으로 들여보내 주니 몸을 회복

해야 하는 페르노크에게 나쁜 환경은 아니었다.

'슬슬, 올 때가 된 것 같은데.'

며칠 전부터 음식의 질이 달라지기 시작했다.

새벽 신전의 사건이 마무리되며 페르노크를 제대로 대우해 주라는 뜻을 내비친 듯했다.

정확히 이틀 후 페르노크의 예상은 적중했다.

"푹 쉬셨나요?"

햇살처럼 싱그러운 여인이 안으로 들어왔다.

면포를 써서 무슨 생각을 하는지 도통 알 수 없으나, 찬란한 빛을 내뿜는 영혼을 가진 성황국의 절대자.

대신관 아리샤가 은은한 미소를 머금으며 페르노크 맞은편에 앉았다.

"덕분에 무료한 일상을 보내는 중이지."

"조사할 내용이 있어서 잠시 무례를 범했습니다."

"나는 신전의 성물을 찾아 줬고, 어둠을 몰아냈다. 그런 내가 이런 대우를 받아야 하나?"

"하지만 당신이 이곳에 출입한 기록이 없습니다."

"사건이 터지기 전에 가명으로 이곳에 들어왔지. 모르소라는 이름이 안 적혀 있던가?"

"글쎄요. 눈을 씻고 찾아봐도 없던걸요?"

"유감이군."

페르노크가 어깨를 으쓱하며 물을 따라 마셨다.

"해서, 나에 대한 의심은 풀렸나?"

"보통은 제 앞에서 당당하게 굴기 쉽지 않은데, 특별한 구석이 있으시네요."

"가두지 않고 얘기했다면 나도 정중하게 대우해 줬을 텐데 참 아쉬워."

"그 말씀도 틀리지 않네요. 하지만 이제부터 좋은 관계를 맺어 나갈 수 있지 않을까요?"

페르노크가 한쪽 입 꼬리를 말아 올렸다.

"성황국의 대신관께서 뭐가 아쉬워 일개 용병을 높여 부르시나."

"그런가요? 제 눈엔 정말 특별하게 보이는데."

"그걸 쓰면 뭐가 보이긴 해?"

"보이지 않는 것들을 보이죠."

그 순간, 면포 안에서 희미한 일렁임이 있었다.

삽시간에 몸을 훑는 것 같은 묘한 느낌이 들었지만, 마력이 움직이는 기색은 없었다.

'가늠하기 쉽지 않군.'

S3의 마도사란 걸 알고 있음에도, 영혼의 찬란한 빛만큼이나 육신에서 흘러나오는 힘은 전혀 느껴지지 않는다.

마치 끝도 없는 황야와 마주한 기분이었다.

"어둠을 몰아냈을 때도 전 당신을 믿었어요."

"……?"

"당신 손에 깃든 무언가가 정말 맑고 순수했거든요."

그 짧은 사이에 아티펙트까지 파악했다.

"신관들껜 얘기하지 않았어요. 제 작은 성의라고 생각해 주세요."

"딱히, 숨길 생각도 없어."

"후후, 그럼 한 가지 물어도 될까요?"

페르노크와 눈을 마주하며 아리샤가 물었다.

"은의 신관을 폭주시킨 어둠을 죽인 게 맞나요?"

그날의 사건은.

페르노크는 클라인을 추격하다가 은의 신관과 맞닥뜨렸다.

힘겨운 승부를 하던 중 폭주한 클라인이 신관과 사투를 벌여 준 덕분에 어둠을 마무리 지을 수 있었다.

라는 말이 공식적으로 기록되어 있었다.

"신관도 썩을 놈이었지. 하지만 내 힘으론 어림도 없었어."

"확실히 마력이나 그 순결한 힘을 더해도 은의 신관에겐 미치지 못했겠네요. 다른 걸 숨겨 뒀다면 모르겠지만……."

페르노크가 무심히 응시하자 아리샤는 미소 지으며 시선을 피했다.

"……그런 건 없군요. 답변에 감사드립니다."

"새벽 신전은 어떻게 되지?"

"각 신전의 신관들께서 새벽의 사제장과 함께 이 일에 연루된 모든 자들을 색출하고 있습니다. 감춰 둔 것이 많아 제법 시간이 필요하겠지만, 죄를 지은 자들은 그에 합당한 심판을 받겠죠. 아, 그리고 성물을 되찾아 준 것에 새벽 신전이 감사하며 페르노크 길드장님을 모시고 싶다더군요."

"시간 될 때, 한 번 방문하지."

그러자 아리샤가 자세를 바로잡으며 가슴에 손을 얹고 고개를 숙였다.

"이번 일은 전적으로 신관을 관리하지 못한 성황국의 잘못입니다. 교황께서는 이 일을 안타깝게 여기시며 또한 페르노크 길드장께서 보이신 용기에 진심으로 감사하고 계십니다. 하여, 길드장님의 편의를 최대한 봐주라고 하셨습니다."

"편의?"

"성황국이 할 수 있는 범위 안에서 세 가지를 도와드리고자 합니다."

"그건 교황의 뜻인가?"

아리샤가 고개를 들어 올리며 싱긋 웃었다.

"무엇을 원하실지 몰라 제가 간청드린 것도 있습니다."

클라인의 말 대로, 아리샤는 보수적인 신관들과 뭔가가 달랐다.

하지만 그 점이 크게 신경을 자극하지 않았다. 대신관

임에도 정중하며 선을 지키려는 모습이 보였기 때문이다.

'외부에 신전을 세우고 싶다고 했었지.'

일을 벌인다면 크게 키울 사람이다.

[왕자님 앞에 드리운 어둠은 지금 나를 삼킨 어둠보다 훨씬 짙고 흉흉하지. 성황국이라는 든든한 방패가 더해진다면 해볼 만한 싸움이지 않겠어?]

클라인의 환청이 들려오는 듯했다.

그 말처럼 라키스 제국을 등진 일루미나의 1왕자와 정면 대결을 펼치기엔 지금의 세력으로 뭔가 아쉬운 부분이 있었다.

성황국을 전쟁이 끌어들이리란 보장은 없다.

하지만 이들이 자신을 은인처럼 여기고 궁지에 몰렸을 때, 손을 뻗어 줄 정도의 도움을 준다면 어떨까.

'내가 사생아인 걸 알았을 때, 르젠의 살라반처럼 대신관도 나와 함께할 가능성이 있지.'

속내를 읽기 어려워 확신할 순 없다.

하지만 성황국을 더욱 크게 번창시키고 싶어 외부에 신전을 세우겠다는 포부를 드러낸 대신관이라면, 동맹국이 될지도 모르는 나라를 외면하진 않을 것이다.

적어도 그 나라에 빛의 신전을 세운다면 대신관이 적극적으로 나서서 도와줄지도 모른다.

'하나, 패를 미리 까는 건 좋지 않아. 내가 감당할 수 없는 힘을 멋대로 들였다간 내 세력이 그대로 휩쓸릴 가능성도 배제할 순 없지.'

루인을 뛰어넘는 마도사다.

자칫, 대신관이 변심이라도 하는 날엔 페르노크의 세력이 초토화될 수도 있다.

일국을 지배하는 마도사란 그런 존재들이다.

순간의 감정, 판단, 이익을 따져 어느 패에 붙을지 선택하고 자기 손에 움켜쥐는 걸 좋아하는 탐욕을 기본적으로 가지고 있다.

'신뢰할 만한 상대인지 확인할 절차가 필요하겠어.'

세 가지의 기회.

어쩐지 자신을 시험해 보는 것 같기도 한 그 방심을 어떻게 이용할지 고민하며 페르노크가 말했다.

"창세기 서고를 이용하게 해 주면 좋겠군."

"알겠습니다."

너무나 시원한 대답에 순간 페르노크는 입만 벙긋거렸다.

"성황국의 귀한 손님이신걸요. 서고를 보셔도 괜찮습니다. 하지만 오늘 하루뿐입니다. 책을 들고나오는 것도 안 되고요."

아리샤가 싱긋 웃었다.

교황이나 그에 준하는 사람들이 들어갈 수 있는 성황국

의 가장 위대한 서고에 망설임 없이 허락해 준 저의를 읽기 어렵다.

하지만 들여보내 준다면 이쪽에서도 사양할 이유가 없다.

"주의하겠습니다."

어느새, 말투가 정중해진 페르노크에게 아리샤가 입을 가리며 웃는다.

"길드장님과 마주하고 있으면 가시 돋친 장미를 보는 것 같아요."

이쪽에서 하고 싶은 말이다.

"지금 가시겠나요?"

"가능하다면요."

"제가 안내해 드리겠습니다."

아리샤가 선뜻 일어나 방문을 열고 페르노크의 구속을 풀었다.

페르노크는 아리샤를 따라 대신전의 깊숙한 곳으로 이동했다.

두꺼운 문 앞에 손을 얹고 무언가를 읊자 바닥을 쓸며 문이 열렸다.

"오늘만입니다."

페르노크가 창세기 서고에 들어갔다.

르젠에서도 찾아볼 수 없었던 온갖 서적들이 질서정연하게 꽂혀 있었다.

그중 눈길을 사로잡은 건, 전대 교황이 봤다는 제목 없는 일지였다.

낡은 일지를 조심스럽게 펼치자 그 문구가 보였다.

[마법이 도래하지 않은 시대. 재앙조차 태어나지 않고 인간의 탐욕과 이기심으로 점철된 그날에 하늘은 은총을 내렸다. 우리는 그것을 광휘라 일컬었다.]

광휘에 대한 설명이 간략하게 적혀 있었다.

아마도 전대 교황은 이 동화 같은 단어를 따라 광휘를 찾으려 했을 것이다.

'성자의 유해를 찾을 만한 단서…….'

이미 몇몇 군데가 비어 있었다.

'……이미 **빼돌렸었나.**'

무슨 내용이 적혔기에 클라인이 지키는 그 무덤까지 찾아왔는지는 알 수 없었다.

하지만 이제 신경 쓸 필요도 없다.

클라인이 목숨 바쳐 근원을 태운 끝에 남아 있던 광휘도 모두 사라졌으니까.

성자의 유해는 다른 유골과 마찬가지로 이제 시간이 흐르며 썩어 문드러질 것이다.

탁!

책을 덮고 다른 책장을 뒤졌다. 혹여, 근원이나 광휘와 관련된 내용 또는 그보다 오래전의 일이 기록된 책자가 있기를 바랐다.

하지만 원하는 내용은 없었다.

전대 교황이 근원과 마주한 이후에 그 힘의 정체를 깨달았듯이, 광휘 이전의 기록은 전혀 보관되지 않았다.

'다른 녀석들이 서운해하겠군.'

이 땅엔 기록되지 않았으나 여전히 명맥을 이어 나가는 특별한 것들이 남아 있다.

땅굴족이나 뿔족, 비늘족처럼 수백 년을 넘어 살아남은 종족들처럼, 수하들과 페르노크가 생전에 머문 그 '시대'의 기록들도 어딘가에 존재할 것이라 믿는다.

날이 저물도록 창세기 서고를 살핀 페르노크가 망설임 없이 밖으로 나왔다.

* * *

창세기 서고에 갔다 나온 다음 날부터 페르노크의 대접이 극진해졌다.

온갖 산해진미를 맛보며 새벽 신전에서 찾아온 손님들까지 맞이했다.

몸이 최상의 컨디션으로 되돌아올 무렵, 페르노크는 짐을 챙겨 대신전 밖으로 나갔다.

직접 배웅해 주는 아리샤에게 페르노크가 의미심장한

말을 남겼다.

"곧 대륙에 혼란이 찾아올 겁니다. 모든 나라가 선택의 시간에 돌입하겠죠. 제게 남겨진 두 번의 기회가 성황국과 저를 위해 쓰이길 기대하겠습니다."

아리샤가 살포시 미소 지으며 손을 모았다.

"그날에 페르노크 님께서 무사하시길 저 또한 기도하겠습니다."

페르노크가 가볍게 목례하며 돌아섰다.

성황국에서 준 신분패로 성문을 넘어 이곳에서 제법 떨어진 산자락에 올랐다.

중턱에 이르니 작은 동굴이 보였다.

여행객들이 간혹 비를 피하기 위해 사용했다는 동굴 안에 선객이 기다리고 있었다.

"한 달 만이군!"

아르민과 아이들이었다.

다들 깨끗한 모습으로 페르노크를 반겼다.

"빨리 나오고 싶었지만, 몸이 회복되지 않아서 조금 시간이 걸렸어."

"무사한 게 최고지. 그래, 대신관께서는 뭐라 하시던가?"

"좋은 인연을 맺으려는 것 같은데, 속내를 읽기 어려워서 아직은 미루는 중이야. 아무래도 클라인의 일도 있었으니까."

순간, 어두워지는 아이들의 표정을 읽은 아르민이 애써 밝게 물었다.

"일단, 내 집으로 갈까? 쌓인 얘기도 좀 풀고, 응?"

"미안하지만 이곳에서의 일정이 많이 지체됐어. 가야 할 곳도 있으니, 회포는 다음에 풀도록 하지. 그리고 이거 켈트에게 전해 줘."

페르노크가 짐에서 두툼한 책자를 꺼냈다.

"근원과 광휘에 대한 것들. 그 이전의 '시대'에 관한 기록도 몇 개 적어 봤어."

"혹시 이거……."

"당신이 봐도 좋아. 하지만 들키면 안 돼."

은의 신관과 근원을 떠올린 아르민이 무거운 표정으로 고개를 끄덕였다.

"걱정 말게. 만약, 내가 이 기록을 성황국에 적는 날이 온다면 그땐, 어떤 위험도 없는 그런 시대여야 할 테니까."

"켈트에게 안부 전해 줘."

"하하, 알겠네."

그리고 페르노크는 마르코와 아이들을 돌아보았다.

"너희들은 나와 갈 곳이 있다."

"그 전에 해야 할 말이 있지 않아?"

"응?"

"당신 이름! 페르가 아니잖아!"

페르노크가 피식 웃었다.

"그래, 내가 네임드의 길드장 페르노크다."

"일루미나 왕국의 사생아이기도 하고."

페르노크가 놀란 눈이 되었지만, 아르민을 포함한 아이
들은 덤덤했다.

"클라인에게 들었거든."

"기억 전수까지 했다고?"

"걱정하지 마. 여기 있는 사람들 모두 당신 편이니까.
배신해 봐야 어디 갈 곳이 있는 것도 아니고."

아르민이 빠르게 덧붙였다.

"나도 이제 같이 기록을 공유하는 사인데, 어디 허튼소
리를 할 것 같아? 꾹 다물고 있으니 염려 마시게, 왕자."

아이들까지 거들어 호응하자 페르노크는 웃고 말았다.

"일 처리가 빠르구나."

"당신을 보면서 배웠지. 그보다 갈 곳이 어딘데?"

클라인은 아마 마르코의 이런 적응력을 높게 사서 흑요
를 맡긴 게 아닐까.

페르노크가 미소 지으며 답했다.

"후예들이 묻힌 곳."

* * *

아르민을 켈트에게 보낸 페르노크는 아이들을 데리고

험한 산을 넘었다.

클라인의 기억을 더듬어 전대 교황이 제일 먼저 습격한 장소에 이르렀다.

석양이 스며드는 곳에 아직 이름 적힌 비석들이 남아 있다.

모두 근원을 계승했던 절망군주의 후예들이다.

"절망군주는 알고 있겠지?"

"응."

"그럼, 네 안에 잠든 것이 무엇인지 잘 알겠군."

"심연. 어둠의 본질."

"계승할 테냐?"

클라인의 기억을 이어받았지만, 아직 심연을 받아들이진 않은 상태였다.

마르코가 아직 손가락에 끼우기에는 커다란 반지를 만지작거리며 고개를 끄덕였다.

"심연을 받아들이는 과정이 복잡할 거래. 하지만 당신이 도와주면 쉽게 해결할 거라고 클라인이 그랬어."

"네 안에 근원이 안정되게 자리 잡도록 근본부터 다듬어 나가야겠지. 그럼 멈춰 있던 성장도 다시 시작될 거다. 네게 자극받은 저 아이들도 마찬가지야."

"좋네. 그럼 한 가지 부탁만 부탁해도 될까?"

"뭐지?"

"나와 애들을 같이 데려가 줘."

페르노크가 굳은 표정의 아이들을 둘러보곤 마르코에게 무심히 물었다.

"내가 앞으로 무슨 일을 할지 알면서?"

"손에 피를 묻힌다는 것쯤은 각오하고 있어. 하지만 우리들만으론 벅차. 은의 신관 같은 놈들을 마주했을 때, 도망치고 싶지 않아. 당신 밑에서 배운다면 나도 클라인처럼 될 수 있지 않을까?"

마르코의 간절한 눈동자를 마주하던 페르노크가 고개를 끄덕였다.

"명령엔······."

"절대복종!"

페르노크가 고개를 절레절레 저으며 피식 웃는다.

"성자의 유해와 이곳의 비석들을 전부 내 안식처에 옮긴다. 이제부터 그곳이 너희들의 집이다."

"집······."

비로소 아이들이 웃었다.

"알겠어!"

활기차게 대답한 아이들이 근원을 이용해 비석과 이곳에 남겨진 근원의 흔적들을 모두 수레에 실었다.

* * *

수레를 끌고 국경을 넘어 마물의 산맥에 도착할 즈음.

하나의 외침이 대륙을 뒤흔들었다.

"일루미나의 별이 저물었다!"

일루미나 왕의 서거 소식이었다.

5장. **치솟는 불씨**

치솟는 불씨

일루미나의 국왕.

아르잔 알 일루미나의 죽음은 삽시간에 전 세계로 전파되었다.

대륙 중앙에 위치한 일루미나의 지리적 이점을 탐하려는 제국, 왕국들이 제일 먼저 이 사실을 접했다.

"오래도 살았군."

"하하, 일루미나엔 명의가 있나 봐. 어떻게 5년을 딱 맞췄지?"

"이제 일루미나에 새로운 바람이 몰아치겠어."

모두 자신들이 지지하는 왕위 후보자들이 마침내 정상에 도전할 권리를 얻는 지금, 이 순간만을 기다리고 있었다.

일루미나는 국장을 치르는 한편, 공석이 된 자리를 누군가 지켜야만 했다.

　귀족들은 만장일치로 왕비를 택했다.

　그녀의 역할은 단 하나.

　아르잔의 사후 새로운 후계자가 왕이 될 때까지 이를 공평하게 지켜보고 관리하는 것.

　임시 여왕은 왕좌에 앉아 모든 귀족들에게 고하였다.

　"경들도 알다시피 우리가 지금까지 후계자를 선택하지 못한 건, 왕족들의 경험과 나이가 아직 부족하다고 판단했기 때문이요."

　귀족들은 겉으로 고개를 끄덕였지만 속으로 여왕의 말을 비웃었다.

　'아르잔이 뿌린 씨가 너무 많아 청소하는 데 시간이 걸린 거겠지.'

　'자기 자식 세 명이 왕족들을 설득할 동안 일부러 왕을 핑계로 늦춘 거면서.'

　아르잔은 난봉꾼으로 유명했고, 그의 피를 이은 왕족들만 거의 30명에 달했다.

　왕비는 당연히 30명 모두가 왕위 쟁탈전에 참여하는 것을 원치 않았다.

　하여, 자신의 뛰어난 자식들이 왕족들을 정리하는 시간을 기다려 왔다.

　'하지만 결국은 한 명이야.'

그 셋 중에 한 명만이 왕에 오른다.

후계 구도를 간단하게 정리했지만 각 파벌의 귀족들은 단 한 명을 제일 경계하고 있다.

1왕자 반스.

라키스 제국과 관계를 맺은 그 특별한 왕자는 태어나면서부터 5레벨의 마법을 사용했고, 지금은 크리스 공작의 지도를 받아 마도사에 버금간다고 알려져 있다.

유능하고 특출하며 외교에 모난 구석이 없으니, 사방이 적국들로 가득한 일루미나에 누구보다 바람직한 왕위 후보자였다.

'그건 우리가 되겠지.'

그러나 다른 파벌들도 믿는 구석이 있었다.

그들이 지지하는 왕족들은 반스 못지않게 훌륭한 외교 관계를 구축했으니까.

'여왕은 경쟁이 심화되어도 반스가 남은 자들을 무사히 품에 안을 거라 믿으니, 이 혼란스러운 정국에서 딱히 무언가를 시도하려 하진 않을 것이다.'

특별한 변수가 없는 한, 여왕은 자식 셋이 경쟁 구도를 잡은 이 상황에 전혀 개입하지 않을 것이다.

누가 왕이 되든 결국은 자기 자식이니까.

어느 한쪽에 힘을 실어 주지 않기에 귀족들은 그녀가 대리자의 자리에 앉는 것에 동의했다.

"이제 왕께선 붕어하셨고, 우린 새로운 변화를 맞이해

야 합니다. 지금 남은 왕족들이 우리를 이끌 위대한 지도자가 되기를 바라며 저는 이 자리에서 공정하게 살펴볼 것입니다."

"일루미나에 영광을!"

"여왕께 충성을!"

저마다의 속내를 숨기며 귀족들이 충성을 맹세하였다.

여왕은 선포하였다.

"국장이 끝나는 대로 왕위 계승식을 거행하겠소!"

한 달 가까이 이어질 국장이 끝난 순간, 타국에 공고한 관계를 다지러 갔던 왕족들이 모두 왕국에 귀환한다.

그때부터 시작될 혼란에서 누가 살아남고 죽을 것인가.

귀족들은 서로를 보며 의미심장한 미소를 지었다.

그리고 국장이 시작되었다.

많은 나라에서 조문객이 찾아왔다.

여왕이 일일이 그들의 손을 맞잡으며 웃고 있을 때였다.

시종장이 여왕에게 은밀히 속삭였다.

"르젠에서 꽃다발이 왔습니다. 여왕께 직접 보내는 선물이라 했습니다."

"내게?"

국장식에 꽃.

하지만 죽은 자가 아닌 산 자에게 주는 꽃이 무언가 의아하여 여왕이 선물을 들이라 하였다.

시종장이 가져온 꽃다발을 보자마자 이유 모를 오한이 들었다.

까만 장미가 활짝 펴 있었기 때문이다.

"어찌 이런 흉측한 것을……."

여왕이 미간을 찌푸리며 꽃다발을 내팽개쳤다.

"르젠의 누구인가?"

"페르노크라는 자입니다."

"페르노크?"

시종장이 고개 숙여 속삭였다.

"네임드라는 S급 길드를 이끌고 있으며 용병왕이라 불리고 있습니다."

* * *

페르노크는 산맥 정상에 비석을 세웠다.

이곳은 아름다운 풍경을 자랑했으며 이젠 햇살이 가장 밝게 스며드는 장소였다.

망자들의 안식처가 되기를 바라는 마음으로 페르노크가 묵념하고 돌아섰다.

"이곳에 계셨습니까."

루인이 미소 지으며 걸어왔다.

"저분들이 모두 근원을 계승한 역대 계승자들이라고요?"

페르노크는 루인에게만 근원의 이야기를 들려줬다.

온화하고 강한 루인이라면 마르코와 아이들을 잘 이끌어 주리라 생각했기 때문이다.

다른 길드원들은 마르코와 아이들이 조금 특별한 마법사 정도라고 여긴다.

"생각보다 많더군. 다행이야. 근원이 끊기지 않아서."

"허허허, 제가 잘 이끌 수 있을지 모르겠습니다."

"마르코의 근원은 내가 잡아 뒀어. 아이들의 멈췄던 시간도 흐를 거야. 하지만 모든 일에 대한 경험이 절대적으로 부족해."

"경험을 채우라면 이유 때문만은 아니시겠지요."

"마르코의 근원과 네 침묵은 어딘가 닮은 구석이 있어."

페르노크가 루인의 영혼을 살폈다.

대신관의 완벽함엔 절대 미치지 못한다.

하지만 처음 봤을 때처럼 루인의 영혼은 아직 성장의 가능성을 남겨 두고 있다.

"근원에서 뭔가를 발견한다면, 네 침묵은 지금보다 한 층 높은 곳에 이르겠지."

"글쎄요. 아직 아무것도 잡히지 않습니다."

"느긋하게 마음먹어. 이제부턴 지겹도록 근원과 마주할 테니까."

페르노크와 루인이 웃으며 연무장으로 향했다.

정상의 고농도 마력을 이용한 수련 방식 중의 하나가

대련이다.

A급 길드장들이나 그에 버금가는 마법사들은 종종 이곳에서 마법을 겨룬다.

새로 합류한 마르코도 마찬가지였다.

처음엔 마르코를 아이라고 무시했던 길드장들은 이제 방심하지 않고 대련에 임한다.

'심연이 잘 정착했군.'

할람의 권격을 보기 좋게 피하며 반격까지 노리는 마르코의 모양새가 제법 괜찮았다.

"근원에도 단계가 있습니까."

"근원으로 단순히 사물을 조작하느냐, 공간에 영향력을 행사하느냐에 따라서 상, 중, 하로 나눠지. 심력만 뒷받침되면 근원은 마법보다 빠른 속도로 성장해."

"마르코는 제법 전투의 경험이 있습니다. 저 심연만 잘 다룬다면 7레벨 마법사들과 견주어도 부족함이 없을 겁니다."

"아직은 할람에 미치지 못하지만 말이야."

루인의 수련을 받은 덕분에 할람은 6레벨 마법사에 도달했다.

페르노크가 다듬어 준 권각술까지 더해서 할람은 동급의 강화 계열 마법사와 겨뤄도 우위를 다질 것이다.

"절망군주라는 자의 힘은 어느 정도였습니까?"

날이 갈수록 성장하는 마르코를 지켜보던 루인이 궁금

하여 묻자, 페르노크가 웃으며 답했다.

"이 세상 모든 밤을 지배했지. 어둠이 머무는 곳에선 누구도 숨을 쉬지 못했어."

"S3 마도사급이라는 거군요."

"글쎄. 시대가 달라 비교하긴 어렵지만 절망군주는 격이 다른 인물이겠지. 물론, 나도 들은 내용이지만 말이야."

루인과 페르노크가 치열해지는 대련을 지켜보고 있을 때였다.

루트밀라 공작이 붙여 준 6레벨 마법사.

지금은 루인의 그림자처럼 활동하는 그들이 뒤에 찾아왔다.

"리오 님께서 도착하셨습니다."

페르노크가 고개를 끄덕이며 손뼉을 마주치자 대련이 중단되었다.

할람과 마르코.

그것을 지켜보던 길드장들까지 모두 연무장 위로 시선을 보냈다.

페르노크가 외쳤다.

"회의를 시작한다."

* * *

상석에 페르노크가 앉고, 양쪽에 루인과 리오가 자리했다.

길드장들이 그 아래로 쭉 나열한 가운데 제일 아래에서 마르코가 눈을 반짝인다.

"오랜만에 뵙습니다. 다들 잘 지내셨나요."

레이…… 이젠 리오의 모습으로 돌아간 그가 여유로운 미소를 머금었다.

르젠의 4왕자 이솔룬에게서 레이라는 가명으로 활동했던 모습만 알고 있는 당시의 길드장들이 어색한 미소를 지었다.

"조디악과 자드 님은 산맥 전쟁 때 뵌 적이 있지만, 다른 분들은 처음 뵙는군요. 인사가 늦었습니다. 리오라고 합니다. 현재 네임드의 참모를 맡고 있죠."

"반갑소! 베모트라고 하오!"

다른 길드장들이 수수께끼 같았던 네임드의 참모에게 인사를 건넸다.

르젠의 내막을 아는 엔리와 할람이 소리 죽여 웃었다.

살리오가 헛기침하자 다들 표정을 가다듬었다.

그리고 모두의 시선이 페르노크에게 향했다.

"물건부터 확인하지."

"예."

리오가 직사각형의 길쭉한 탁자 위에 여러 무구를 올려놓았다.

그는 지금 르젠에서 식량과 무기 등 온갖 전쟁에 필요한 물품들을 취급하고 있다.

타국에서 일어나는 정보도 파악하여 네임드에게 전달하는 역할을 맡았는데, 이젠 길드의 보급도 도맡아 하고 있다.

"좋군."

페르노크가 검면을 손가락으로 튕기자 좋은 울음이 흘렀다.

다른 길드장들도 눈이 휘둥그레져 묻지 않을 수 없었다.

"이 질 좋은 병장기를 길드원들에게 모두 나눠 줄 수 있다고요?"

"지금 밖에 실어 왔습니다."

리오의 자신감은 이유가 있었다.

상급의 병장기를 단시간에 찍어 내기 위한 요소가 모두 갖추어졌기 때문이다.

땅굴족을 모두 뿔족 섬에 보내 광활한 자원을 가공하여 무기를 만들게 하고, 비늘족이 이를 부유하는 성이 있는 무인도에 갖다 놓으면, 그것을 리오의 배가 내륙으로 실어 나른다.

세상에서 가장 은밀하고 완벽한 공방이 만들어 낸 무구가 쏟아져 나오는 것이다.

"그리고 길드장님들께서 의뢰하신 무구들도 준비해 놨습니다."

리오가 박수를 치자 회의실 문을 열고 길드원들이 무기를 한가득 품에 안고 다가온다.

길드장들이 저마다 의뢰한 무기를 받아보곤 감탄사를 터트렸다.

"오……."

그들이 지금껏 썼던 무기보다 한 등급 윗 단계였다.

"순도 높은 광석으로 만들어 기존의 것보다 훨씬 단단해졌습니다. 이곳 대장간에서 충분히 날을 다듬을 수 있으니, 혹 불편한 부분이 있다면 말씀해 주십시오."

"이거 너무 좋습니다!"

"이걸 다 줘도 됩니까?"

리오가 싱긋 웃었다.

"그럼요. 우린 한 식구 아닙니까."

길드장들이 감동한 듯 말문을 잇지 못할 때, 살리오가 망치에 달린 문양을 살피고 고개를 갸웃했다.

"이 심볼은 뭐지?"

네임드의 것도, 일루미나를 상징하는 문양도 아니었다.

용과 검이 교차하는 심볼은 어느 나라에도 존재하지 않는다.

대답은 페르노크에게서 흘러나왔다.

"나중에 차차 알려 주지. 무기는 숙소에 가서 확인해 보고, 르젠의 상황은 어떤가?"

길드장들이 무기를 내려놓고 리오를 바라보았다.

"3왕자도 이젠 조금 버거워하는 듯합니다. 살라반 왕자가 아주 매섭게 몰아붙이고 있습니다."

"당초의 계획대로 된 건가?"

"예. 자일과 살라반의 양자구도가 성립되었습니다."

"중립파는 살라반과 함께하기로 정했고?"

"루트밀라 공작이 나서서 설득한 끝에 중립파의 대부분이 살라반에게 넘어갔습니다. 자일은 비자금 문서와 마력포 불법 개조로 왕실에서 큰 소리를 내지 못하는 중이죠. 왕도 힘을 실어 주기엔 너무 큰 문제들이 연달아 터졌고요."

리오의 덤덤한 보고가 흘러나올수록 길드장들의 안색이 밝아졌다.

페르노크를 지지하는 살라반이 날개를 펼치기 시작한다.

그 말은 곧.

"자일이 3왕자를 찾더군요. 살라반을 압박하려는 모양인데, 이젠 쉽지 않을 겁니다. 오히려 살라반 측에는 여유가 감돌고 있습니다. 사실상 자일은 일루미나의 1왕자에게 어떤 지원도 하지 못하게 되었습니다."

"우리 쪽엔 지원할 의사를 내주고?"

"예. 페르노크 님께서 일루미나 왕위 쟁탈전에 모습을 드러내신다면, 기꺼이 손을 내밀 것입니다."

"소원대로 이쪽도 움직여 줘야지."

페르노크가 미소 짓자 회의실에 긴장감이 감돌았다.

일루미나로 가기 위해 지금까지 이 고된 여정을 함께해 왔다.

영광을 거머쥘지 혹은 주저앉을지.

모든 선택은 페르노크에게 달려 있었다.

"일루미나는 참 기형적인 나라다. 주변에 국가들이 산재하여 외교로 연명하고 있지. 나는 그 모양새가 마음에 안 들어. 왜 아무도 그 궁지를 타파하려 하지 않는 것인가."

그리고 페르노크는 영광을 위한 첫 단추를 말했다.

"하여, 나는 썩어 빠진 나라를 갈아엎고 새로운 나라를 그 땅에 세울 것이다."

길드장들도 계속해서 들어왔던 말이다.

"내가 바라는 건 일루미나라는 이름이 아닌 그 땅덩어리다. 하지만 지금 우린 그 땅을 지키는 자들의 확실한 실력을 알지 못해. 대부분 외교랍시고 타국에 자리를 지켰으니, 한번 두들겨 봐야 하지 않겠나."

씨익 웃은 페르노크가 루인을 돌아보았다.

"쟁탈전이 벌어지면 나라 간의 분쟁도 심화되겠지. 난 강대국들을 유린하고 싶다. 루인, 너에게 그림자와 마르코를 붙여 주마. 어딜 상대하겠나?"

"3왕자가 분명 마법사 협회의 지지를 받는다고 들었습니다. 일루미나에 마탑을 세우겠다는 뜻인데, 결코 용납할 수 없는 일이죠."

"그러고 보니 넌 마탑에 '빚'이 하나 있었지?"

연금술이 박해받았던 보들레아의 슬픔을 떠올리며 루인의 눈초리가 싸늘해졌다.

"전면전을 원하신다면 마다하지 않겠습니다."

"일단 흔들어. 그리고 다른 쪽으로 유도해. 서로 의심하고 다투고 지쳐 나가떨어지게 만들어."

"알겠습니다. 분부대로 3왕자를 제가 맡겠습니다. 그리고 페르노크 님의 뜻대로 흔들기가 성공한다면⋯⋯."

"마탑의 처분은 모두 네게 일임하지. 당한 만큼 톡톡히 갚아 주라고."

루인의 입가에 싸늘한 미소가 맺혔다.

"감사합니다."

루인에게 배움 받으면서 한 번도 보지 못한 오싹한 모습이 길드장들의 심장을 서늘하게 만들었다.

화기애애했던 분위기가 찬물을 끼얹은 것처럼 조용해졌다.

비로소 왕위 쟁탈전이 시작되었음을 실감한다.

"리오, 너는 2왕녀를 맡아라. 이종족의 통솔권을 주마."

"2왕녀를 지지하는 국가가 분명 타이르 왕국이군요. 바다까지 인접한 좋은 왕국이지요."

리오는 망설임 없이 답했다.

"맡겨 주신다면 최선을 다해 흔들어 보겠습니다."

"네 상단도 타이르에 투입시킬 거야."

"예. 많은 물자를 구비해 두겠습니다."

의미심장한 문답의 끝은 길드장들에게 향했다.

"그리고 너흰."

반생자의 원한을 떠올린 페르노크의 미소가 진해졌다.

"나와 함께 1왕자를 친다."

* * *

일루미나를 상대하는 건 곧 그것을 차지하려는 다른 강대국들과 겨뤄야 한다는 의미였다.

당장 전 세계를 적으로 돌릴 만큼 페르노크는 무모하지 않다.

그렇다면 어떻게 일루미나를 차지하면서 강대국들의 위협을 물리쳐야 할까.

페르노크는 왕위 쟁탈전이 가진 본질을 꿰뚫었다.

분쟁 그리고 혼란.

모든 것이 예민해지는 시기에 혈연은 아무 의미도 없다.

왕좌에 눈먼 형제자매들은 피 튀기는 경쟁을 시작하고, 그들의 지지자들은 뒤에서 남모르게 은밀히 활동할 것이다.

그 부분을 뜻대로 조작할 수 있다면 어떨까.

페르노크를 신경 쓰지 않고 저들끼리 치고받고 싸우게 만들어 잔뜩 세력을 갉아먹는다면, 이후에 그들과 맞서 싸워도 유리한 고지를 점령하지 않을까.

루인과 리오를 벌써부터 다른 왕족 견제로 보낸 것은 바로 이런 이유 때문이었다.

"각 왕족의 역량을 볼 수 있겠지. 자신의 지지자들과 어떻게 대처하는지 직접 보고 그에 맞춰 상황을 더욱 혼란스럽게 조장할 것이다."

국내를 넘어 국외까지 뒤흔드는 거대한 판이다.

"멍청하게 대처하면 좋겠지만, 유능해도 우리에겐 나쁠 것이 하나 없어. 결국 저들끼리 의심하고 싸우다 지치면 우리가 판을 주도할 수 있으니까."

페르노크가 일루미나 지도의 한 지점을 가리켰다.

"그러니 우린 그 상황이 도래하길 기다리며 이곳으로 향한다."

페르노크가 처음으로 하계에 반생했던 장소.

팔키온 후작령.

"1왕자와 깊이 관련된 이곳을 먹어 치운다."

길드장들이 무겁게 고개를 끄덕이자 페르노크는 씨익 웃었다.

"긴장하지 마. 평소처럼 행동해. 은밀하게 스며들어서 화려하게 터트리는 거야."

그리고 페르노크는 길드장들의 합류 날짜를 지정해 줬다.

거대한 덩치로 뭉쳐 들어간다면 팔키온 후작령에서 경계할 거라 생각했기 때문이다.

각자 나눠 들어가 팔키온 후작이 반응하기 전에 영지를 쓸어버린다.

그에 대한 명분을 페르노크는 이미 손에 쥐고 있었다.

* * *

페르노크와 살리오 그리고 엔리가 선발대로 먼저 출발했다.

길드원들도 정예 마법사들만 이끌었다.

"으음, 상단?"

"그렇습니다."

페르노크가 사람 좋은 미소를 짓자 경비병이 출입증에 도장을 찍었다.

"들어가도 좋소."

"감사합니다."

페르노크와 일행이 수레를 끌고 외곽진 주점에 자리했다.

느긋하게 술을 시키는 페르노크를 보며 엔리가 감탄했다.

"오, 진짜 안 들켰네."

성문 위에 마법사가 있었다.

길드원들의 마력이 들킬까 우려했지만 무사히 넘어갔다.

페르노크가 그자들의 눈을 마법으로 가렸기 때문이다.

"마력만 느끼지 못하도록 해 뒀다. 후발대가 들어와도 문제는 없어."

"성에서 사실을 눈치채지 않을까?"

"아마도, 기사단은 뭔가 이상함을 느꼈겠지. 이곳에 7레벨 마법사가 있거든. 한, 이틀 정도면 파악될 거야."

"그런데 태평하게 술이 넘어가?"

"이틀이나 남지 않았나. 오늘은 푹 쉬고 모레부터 움직인다."

페르노크는 왕위 쟁탈전에 참여할 사람이 아니라 관광객 같은 모습이었다.

"한데, 왜 바로 수도로 가지 않으시는 겁니까?"

살리오가 정중히 묻자 페르노크는 덤덤히 답했다.

"내가 지금 당장 수도로 간다고 한들 왕성에 발이나 디딜 수 있을 것 같아?"

"길드장도 왕족이라며. 피를 물려받았는데 못 들어갈 건 또 뭐야."

"일루미나는 호락호락하지 않아. 각국의 사절단도 정식 초대장이 없으면 왕성에 발도 못 디뎌. 하물며 지금 내 신분은 용병 길드장이지. 지금 전대 왕의 사생아로 퍼트리면 어떻게 나올 것 같아?"

"뭐 할 수 있겠어? 그냥 들여보내 주겠지."

"그리고 가둘 거야. 아주 조용히."

일루미나 왕국엔 S2의 마도사가 있다.

그 마도사는 1왕자의 심복이자 여왕을 따르는 맹목적인 충심을 자랑한다.

"왜들 그렇게 왕족을 못 잡아먹어서 안달이야?"

"일루미나는 기형적인 구조만큼이나 특별한 전통이 있지."

"모든 왕족은 한 번의 기회를 가진다."

살리오의 대답에 엔리는 고개를 갸웃했다.

"그게 무슨 말이야?"

"타국의 압박에도 견딜 우수한 왕족을 선발하기 위해 공평한 기회를 주겠다는 뜻이다. 세력, 영지, 명검……다양한 것들이 하나씩 주어지지. 그리고 그건 사생아인 내게도 해당해."

"그 말은……."

"1왕자가 내 가슴에 검을 쑤신 이유가 그것 때문이다. 변수는 제거하고 싶었겠지."

엔리가 고개를 끄덕였다.

"이해했어. 그런데 무슨 기회를 받을지 알고 그런 독한 수단을 썼을까?"

"대부분 영지를 하사받지. 일루미나의 땅은 제법 크거든."

"지금 일루미나엔 빈 영지가 없지 않아?"

"여기서부터 시작하려는 이유가 그것 때문이다."

페르노크가 맥주를 비우며 시원한 미소를 지었다.

"내게 주어진 기회를 얻기 위해 행동하려는 거야."

"팔키온 후작을 휘하에 들이실 생각이십니까?"

살리오가 결론을 내린 모양이지만 페르노크는 고개를 저었다.

"내가 왜 이런 한심한 놈을 곁에 둬."

"그럼……?"

"죽이고 빼앗아야지."

"……!"

"왜들 놀라. 내가 그렇게 하겠다고 말하지 않았었나."

살리오와 엔리가 눈을 끔뻑였다.

"아니, 나는 끽해야 점령만 할 줄 알고……."

"힘이 필요해서 귀족들을 곁에 두려는 생각이신 줄 알았습니다."

페르노크가 실소를 흘렸다.

"죄다 쓸모없는 종양 덩어리들이야. 이미 다른 왕족들에게 달라붙어 영혼까지 팔고 있지. 그런 놈들을 힘으로 굴복시켜서 내가 세운 땅에 데려온다면 그 나라는 지금의 일루미나와 같은 짓을 반복하게 될 거다."

처음부터 일루미나를 거머쥘 생각은 없었다.

"나는 땅과 백성을 얻을 것이다. 쓸 만한 놈들이 있다면 예외를 두겠지만 그 이외에는 모두 정리한다."

"과격하게 나가면 바로 전쟁이 발발할 텐데?"

"의도를 알면서도 막지 못하게 명분을 만들어야지."

페르노크가 팔키온을 접수해도 수도에서 막지 못할 명분.

살리오와 엔리가 곰곰이 생각해도 떠오르지 않을 때, 페르노크가 출입문을 살폈다.

나무 상자를 품에 안은 사내가 들어와 페르노크에게 향했다.

"하명하신 대로 찾아왔습니다."

"다른 누군가의 출입 흔적은?"

"없습니다."

"수고했다. 리오에겐 상권 잘 잡으라 전해 두거라."

"예."

금화 주머니를 얹어 주자 사내가 고개를 꾸벅 숙이고 주점을 나갔다.

페르노크가 목함을 열자 장부가 한가득 담겨 있었다.

살리오가 흥미로운 시선으로 장부를 살피며 물었다.

"길드장님, 이것들은 다 뭡니까?"

"내가 투기장에서 정리했던 팔키온 후작의 치부. 뿐만 아니라 다른 VIP들과의 거래 내역도 담겨 있지."

"VIP라 하심은……?"

"이름난 부호 그리고 인근의 귀족들도 섞여 있다."

페르노크가 장부를 덮으며 단호히 말했다.

"모두 죽일 거다."

그의 미소가 짙어졌다.

"죄명은 그래. 왕족능멸죄가 되겠군."

"……!"

그제야 페르노크의 명분을 이해한 살리오와 엔리가 놀란 눈을 크게 떴다.

페르노크는 그들에게 장부를 한 권씩 나눠 줬다.

"인근 영지는 다른 길드장들이 합류하는 대로 정리하겠다. 그러니 지금은 소문을 하나 흘려라. 후작이 투기장을 운영해서 죄 없는 사람들을 죽여 나갔다고."

"이틀 안에 성에 모르는 사람이 없게 하겠습니다."

"나도 쫙 퍼트릴게."

페르노크가 고개를 끄덕였다.

"소문이 퍼지고 나면 이 영지에 있는 VIP놈들의 뒤를 잇는 추악한 놈들을 싹 잡아서 모두 데려와."

살리오와 엔리가 씨익 웃으며 주점을 떠났다.

날이 저물기도 전에 소문이 퍼졌고, 팔키온 후작의 치부가 성을 뒤흔들었다.

* * *

"뭐? 투기장?"

보고 받는 팔키온 후작이 미간을 찌푸렸다.

투기장이 무너진 지 오랜 시간이 흘렀다

"갑자기 그게 왜?"

이제 와서 소문이 흘러나오는 이유를 이해할 수 없었다.

그러나 무시하기엔 모두 사실이라 찜찜했다.

"내가 투기장과 관련 있는지 어떻게 알고?"

투기장의 관리자가 긴급히 성에 연락을 취한 그날, VIP들과 관리자는 모두 싸늘한 시체로 발견되었다.

사람들은 모두 기사단을 반겼고 탈출했다는 사실에 기뻐했다.

관계자들이 죽었는데, 후작과 관리자의 은밀한 유착관계를 누가 안단 말인가.

"풀어 준 놈들 중에 나와 관리자의 관계를 아는 놈이 있었나?"

"아닐 겁니다. 그때, 많은 사람들이 탈출해서 죽이진 못했고, 한 명씩 물어봤습니다. 다들 투기장의 욕만 하더군요."

"모른 척했던 것일 수도 있잖아."

"그랬다면 훨씬 전에 얘기가 돌았을 겁니다."

후작이 미간을 찌푸렸다.

"그럼 누구야? 어떤 놈이야?"

"진상을 파악하는 중입니다. 단순한 소문으로 치부하면 될 뿐이니 너무 걱정하지 마십시오."

"그런 안일한 소리나 할 때야?"

후작이 행정관에게 혀를 찼다.

"가뜩이나 가뭄이 심해서 민심까지 흉흉한 시기야. 소문이 어디서 흘러나오는지 철저히 조사하고, 괘씸한 놈들은 내 앞에 끌고 와."

"후작님께요?"

"무슨 생각으로 이따위 소문을 퍼트렸는지 알아야 할 것 아니야!"

어떻게 투기장과 자신의 관계를 알고 있는지 직접 조사할 생각이었다.

후작이 날카로워지자 행정관은 급히 고개를 숙이곤 집무실을 떠났다.

'이게 대체 뭔…….'

지나간 일을 이제 와서 들춰낸 이유가 너무 찜찜했다.

'……혹시, 그놈들인가?'

팔키온 후작은 VIP들의 자제를 의심했다.

'요새 말을 안 들어준다고 몇 번 다그쳤더니, 제 아비들 일을 빌미 삼아 내게 협박하는 건가.'

하지만 이내 고개를 저었다.

'아니야, 그놈들이 바보도 아니고 자기 가족의 치부를 떠벌리진 않겠지. 그럼 대체 누구지?'

팔키온 후작과 투기장의 긴밀한 관계는 당사자인 관리자와 VIP들만 알고 있다.

VIP들의 죽음을 처리하는 과정에서 그 자식들까지 함

께 정보를 공유할 수밖에 없었지만, 지금껏 아무 걱정 없이 영지를 다스려 왔다.

'투기장 관리하던 놈들은 모두 죽었을 텐데.'

투기장을 정리할 때, 관리자가 숨긴 막대한 보물을 찾기 위해 투기장에 남겨진 사람들을 철저하게 조사했다.

모두 싸늘한 시체가 되었고, 탈출하려던 사람들은 기사단에게 해방되었다는 기쁨만 터트렸다.

그들은 지금 영지민으로 잘 지내고 있다.

보물과 투기장은 영원히 묻혀 있어야 했다.

그런데.

"영주님, 가문의 손님들이 찾아오셨습니다."

VIP들의 자제들이 찾아왔다.

이런 경우는 처음이라 팔키온 후작이 의아한 표정으로 말했다.

"왜?"

"소문으로 긴히 할 얘기가 있다고 합니다."

"뭐?"

"호위들까지 끌고 왔습니다."

"이런 미친놈들을 보았나."

과거 일을 가지고 시위라도 하겠다는 건가.

그들은 분명 이 성에 없어서는 안 될 유력 가문들의 자제들이다. 후작령을 지탱하는 기둥이라 봐도 무방하다.

하지만 귀족의 권위를 우습게 여긴다면 뼈도 못 추리리

라는 사실을 똑똑히 새겨 줄 생각이었다.

"회의장에 들여. 단장도 데려오고."

"예."

시종장이 급히 뛰어나갔고, 후작은 검을 챙겨 들었다.

소문 하나에 흔들릴 만큼 신의가 사라져 버린 이 관계에 쐐기를 박아야 했다.

후작은 기사단을 회의장 주위에 배치하라 이르고, 단장과 안으로 들어갔다.

그리고 투기장 사건 이후 오랜만에 만난 그들과 눈이 마주쳤을 때, 팔키온 후작은 묘한 위화감을 느꼈다.

당당하게 들어온 사람들이 창백한 안색에 두려운 눈빛을 하고 있었기 때문이다.

'호위들도 이상해.'

각자 사람을 한 명씩 끼고 있다.

다양한 연령대에 미소까지 드러내 보인다.

평소 바짝 긴장하던 VIP들의 호위가 아니다.

마치 자리에 앉은 VIP들의 자제가 호위고 뒤에 시립한 자들이 주인인 것 같은 느낌을 받는다.

이유 모를 싸늘함은 회의장 상석에서 가장 진해졌다.

"한 번쯤은 얼굴을 보고 싶었어, 팔키온 후작."

그의 자리를 누군가 대신 앉아 있다.

VIP의 자제는 아니다. 전혀 낯선 이가 팔키온 후작을 느긋하게 지켜본다.

"이것들이 지금 뭐 하는⋯⋯."

"후작님! 살려 주십쇼!"

식은땀을 흘려 대던 VIP의 자제 한 명이 다급하게 외친 순간이었다.

상석에 앉은 낯선 청년이 고개를 끄덕였고, 그 자제 뒤에 시립해 있던 호위가 단숨에 자제의 목을 꺾어 버렸다.

꽈드득!

소름 끼치는 소리가 팔키온 후작의 말을 가로막았다.

"시끄럽게 구는 놈들은 모두 죽인다고 경고했을 텐데."

청년이 자리에서 일어나자 VIP의 자제들은 바짝 긴장했다.

페르노크가 그들을 훑으며 피식 웃었다.

"뭐, 살려 둘 생각도 없었지만 말이야."

페르노크의 마력이 흘러나와 공간에 맴돌자 모든 것이 얼어붙었다.

* * *

후작은 지금의 광경을 이해하지 못했다.

VIP 자제들이 왜 떨고 있으며, 이 공간을 지배한 마력의 청년은 누구란 말인가.

"후작님!"

단장이 외쳤을 때, 후작의 뇌리를 장식한 건 단 하나였다.

이곳에서 도망쳐야 한다.

경고가 사정없이 머리를 뒤흔들었다.

"살려 주세요!"

"아, 아무것도 말하지 않겠습니다!"

VIP 자제들이 페르노크의 발짓가랑이라도 붙잡을 기세로 무릎 꿇고 사정한 순간.

"어서 피하십시오!"

기사 단장이 검을 뽑아 마력을 일깨웠다.

7레벨의 마법사가 내뿜는 기세를 다른 자들은 우습게 바라보았다.

루인에게 맞아 가면서 수련해 왔다.

S2 마도사의 가벼운 노여움보다 7레벨 마법사의 마력이 훨씬 우습게 느껴졌다.

"기사단도 정리한다고 했었나."

왼쪽 4번째 자리에 서 있던 여성이 웃으며 상석의 페르노크를 바라보았다.

"길드장……."

"엔리."

맞은편의 사내, 살리오가 낮게 부르니 엔리가 헛기침하며 말했다.

"크흠, 왕자님. 쟤들은 어떻게 할까요?"

이제부턴 명분이 중요한 싸움이다.

길드장보단 왕자라는 이름을 사용해야 한다고 페르노

크가 강조했었다.

페르노크는 잔뜩 날을 세운 단장을 살피곤 고개를 저었다.

"일단 살려 둬. 7레벨은 쓸 만한 패다."

"그럼 나머지는?"

"항복하는 병사들이나 인부들은 살려 두되 맞서 싸우는 놈들은 하나도 남김 없이 목을 베어라."

"다들 들었지. 청소하러 간다!"

그 말을 기다렸다는 듯 호위들이 마력을 끌어 올렸다.

단장은 숨이 턱 막혔다.

하나같이 5레벨 이상의 마법사들이었기 때문이다.

"쓸 만한 놈들은 살려라. 왕자님이 써야 한다."

"참나. 너나 잘해, 살리오. 힘 조절 못 하면 애꿎은 놈들까지 다 죽는다!"

단장이 뭐라 외치기도 전에 살리오와 엔리가 마법을 전개했다.

얼어붙었던 입구가 부서지고 두 사람이 호위로 변장했던 길드원을 이끌고 기사단과 맞부딪쳤다.

"웬 놈들이냐!"

"기습이다!"

"적을 쳐라!"

성에 경계령이 울려 퍼졌지만 페르노크는 팔짱을 낀 채무심히 주위를 둘러본다.

"많이도 처먹었군."

값비싼 장식물들이 가득하다.

집무실이나 침소는 이보다 더 할 것이다.

모두 자신을 내몰았던 그 투기장의 성과로 만들어진 공간이라 생각하자 짜증이 치솟았다.

"흐익!"

지켜보던 자제들은 혹여나 불똥이 튈까 넙죽 엎드려 벌벌 떨었다.

그제야 후작은 상황을 파악했다.

페르노크가 이곳까지 무사히 침투하기 위해 일부러 자제들을 인질 삼고 있음을.

'도, 도망쳐야 한다.'

그런데 발길이 쉽게 떨어지지 않았다.

단장도 마찬가지였다.

7레벨 마법사가 고작 무심한 눈길에 굳어 버린 듯 검만 치켜 올린 채로 바짝 긴장했다.

"만나서 반갑군. 난 네임드의 길드장 페르노크라고 한다."

"네임드? S급 길드!?"

후작은 길드와 관련된 보고를 전혀 받지 못했다.

페르노크가 감쪽같이 숨기고 들어온 방법이 정확히 들어맞았다.

후작은 작정하고 검문까지 속이며 여기에 쳐들어온 페

르노크를 이해할 수 없었다.

"기, 길드가 어찌…… 나는 일루미나의 귀족이다! 감히 일국의 후작에게 검을 겨누고도 무사할 줄 아느냐!"

"내가 예전에 투기장 신세를 좀 졌어. 그 원흉이 너라며?"

으름장을 놓기 무섭게 되받아친 말들이 후작을 사색으로 만들었다.

"무, 무슨 말을…….""

"여기 있는 놈들까지 싸잡아서 관리자가 장부에 기록해 뒀어. 하지만 너랑 시답잖은 얘기나 하자고 목을 붙여둔 게 아니야."

페르노크가 피식 웃으며 후작의 눈을 들여다보았다.

온몸이 샅샅이 파헤쳐지는 것 같은 느낌에 후작이 파르르 떨었다.

"두 가지만 묻지, 후작. 먼저, 수년 전 후작령 인근 마을에서 죄 없는 백성들이 죽었다. 그 배후에 일루미나의 1왕자가 있음을 알고 있나?"

처음엔 이해하지 못했던 말들이 반스를 듣는 순간 깨닫는다.

"그렇군. 알고 있었군. 하기야, 마을 하나가 불바다가 된 사건을 영주가 모르고 지나칠 리 없지."

"네, 네놈이 그걸 어떻게 아는 거야."

"그때, 내 가슴에 검을 꽂은 게 네가 신봉하는 왕자였거든."

"……!"

그 순간, 묻어 둔 기억 하나가 떠올랐다.

[이곳에 전하의 치부가 살고 있네. 뒤처리만 깔끔하게
해 준다면, 후작의 여생은 편해질 거야.]

죽은 일루미나 왕은 사생활이 방탕하다고 알려져 있
다.

잔머리를 잘 굴리는 팔키온은 바로 그 말의 뜻을 알아
챘다.

왕자의 눈에 들기 위해 마을 청소까지 직접 지시했다.

혹여, 왕자의 정체를 아는 자가 있을까 봐 철저히 입막
음까지 했다.

그런데 그 사건의 당사자라니.

"서, 설마……."

"1왕자가 나를 동생으로 여기더군."

"후작님!"

후작을 좁혀 가는 마력을 느낀 것일까.

단장이 압박을 기어이 떨쳐 내며 검을 휘둘렀다.

닿은 것들을 갈라 버린다는 예리한 마법이 페르노크에
게 쇄도했다.

카앙.

"……!"

절삭 마법이 페르노크가 가볍게 휘두른 팔에 부딪쳐 흩어졌다.

'강화계?'

인간의 몸에서 쇳소리가 날 이유는 그것뿐이다.

'하지만 동급의 마법사도 갈라 버리는 내 마법을⋯⋯.'

한 가지 가능성에 단장의 안색이 창백해진 순간, 페르노크가 공간에 마력을 더했다.

"마, 마도사!"

다급한 외침이 터져 나오자마자 페르노크는 아티펙트를 단검으로 변환시켜 단장에게 던졌다.

단장이 급하게 양팔을 가드하자, 복부 밑에서 날카로운 바람 소리가 치고 들어왔다.

콰득!

"⋯⋯!"

어느새 거리를 좁힌 페르노크의 주먹이 기사단장의 갑옷을 뚫고 복부까지 타격했다.

고통에 숨도 못 쉬고 무릎 꿇는 단장의 뒤통수를 발로 내리찍었다.

쾅!

굉음이 회의장을 뒤흔들었고, 페르노크는 너머를 바라보았다.

병사들까지 기사단과 합세해서 싸우고 있지만, 오히려 네임드의 정예가 압도하고 있었다.

페르노크가 회의장으로 시선을 돌렸다.

후작은 그 자리에 주저앉아 있었다.

"투기장에서 탈출할 때는 기사단이 높은 산처럼 보였는데, 지금은 영 허술하군."

아직 깨어 있는 단장을 걷어차 기절시킨 페르노크가 후작 앞으로 걸어갔다.

가까이서 눈을 마주치니 몹시 두려워 후작은 오줌을 지리고 말았다.

"이젠 나를 알겠나?"

무슨 뜻인지도 몰랐다. 그저 하염없이 고개만 끄덕였다.

"내 정체를 알고도 마을이 불바다가 되도록 용인했다는 건, 내 죽음에 관여했다는 뜻으로 받아들여야겠지?"

"저, 저는 모릅니다! 왕자님께서 다녀가신 뒤, 마을에 찾아갔을 뿐입니다! 그게 전부입니다!"

"그리고 사후 조사를 하지 않았다. 이건 즉 왕의 피를 이어받은 나의 죽음을 경시하여 응당 귀족으로서 가져야 할 책임을 내팽개쳤다는 말이다. 이 경우 일루미나에선 국법으로 어떻게 다스리지?"

페르노크가 자제들을 힐끗 보았다.

자제들이 무언가에 홀린 사람들처럼 한목소리로 외쳤다.

"와, 왕족의 죽음을 방관한 왕족 능멸죄는 국법으로 지엄하게 다스려 관련자들을 모두 참수한다."

"그렇다는군, 후작."

후작이 검을 내팽개치고 페르노크 앞에 무릎 꿇었다.

'기사단은 어디 간 거야. 왜 병사들은 없어. 뭐야, 왜 나만 여기 있어? 저 녀석들 모두 이놈과 한통속이야? 어떻게 된 거냐고!'

혼란스러운 와중에도 살고 싶은 마음에 그는 페르노크의 바짓가랑이라도 붙잡으려 했다.

"매, 맹세코. 저는 그날……."

페르노크가 회수한 아티펙트를 장검으로 변환시켜 그대로 후작의 손목을 쳐 냈다.

"끄아아아악!"

반생자가 겪은 고통에 비하면 무척이나 조촐한 외상에 불과했다.

"귀찮군. 바로 죽이고 싶지만, 이 몸의 소유자가 너무 궁금해하니 어쩔 수 없어."

고통에 잠식된 머리는 그 말을 이해하지 못했다.

하지만 이어진 말은 알아들었다.

"마지막 하나를 더 묻겠다. 그 마을에 생존자가 있던가?"

후작이 잘린 손목을 올리며 부르르 떨었다.

"유감이군."

그건 명계에서 몸을 내준 반생자의 마지막 희망에 대한 애도였다.

"살려……!"

페르노크가 후작의 목을 베어 버렸다.

비대한 몸이 쓰러지는 순간, 피비린내가 회의장을 가득 채웠다.

설마, 후작을 단칼에 죽일지 몰라서 자제들은 모두 경악하고 말았다.

페르노크가 발치에 묻으려는 피조차 역겹다는 듯 탁자 위에 서서 외쳤다.

"나는 왕족이고, 이놈은 나를 죽이려 한 대역죄인이다. 너희들도 똑똑히 지켜봤겠지?"

살고 싶으면 따라야 한다.

자제들이 앞다퉈 무릎을 꿇었다.

"예! 봤고 말고요!"

"저 돼지가 왕자님께 칼을 겨눴습니다!"

"저희가 증명하겠습니다! 모두 다!"

페르노크가 그들의 추악한 감정을 미소로 마주했다.

"너희 아비들이 지은 죄를 자식들까지 감내하게 만들고 싶진 않다. 물론, 너희도 알면서 외면한 죄가 있긴 하지."

"죄, 죗값은 달게 받겠습니다! 부디 목숨만 살려 주십시오!"

"조금의 실망이라도 안긴다면 그땐, 각오하는 게 좋을 거야."

자제들이 모두 페르노크에게 머리를 숙였다.

"오늘부터 이 성은 내가 다스린다. 네놈들은 각자의 자리에서 성이 무사히 돌아가도록 최선을 다하거라."

자제들은 벌벌 떨 뿐 아무 말도 하지 못했다.

오늘 낮에 페르노크가 들이닥쳤고, 장부를 빌미로 과거 가문의 치부를 들췄다.

호위들이 나섰지만, 당연히 역부족이었다.

그들은 최악의 상황을 염두에 뒀지만, 설마 그 이상이 있을 줄은 몰랐다.

페르노크의 정체가 전대 왕의 사생아라니!

팔키온 후작의 증언으로 페르노크에게 정당성까지 부여하는 바람에 그들이 빠져나갈 구멍은 없었다.

페르노크가 정적이 감도는 회의장을 나서자, 바깥도 상황이 정리되어 있었다.

"사상자."

"없습니다."

살리오가 대표로 자신 있게 외치자 페르노크가 고개를 끄덕였다.

"후작은 죽었다. 이곳의 가신들은 각자 철저히 관리하고, 조금의 불손한 움직임이라도 보인다면 바로 처리하도록."

"예!"

"기사단은?"

"절반 죽였습니다. 나머지는 투항하더군요."

"기사단장과 함께 적당히 써먹다가 버리도록."

"알겠습니다."

페르노크가 남겨진 인원들을 둘러보며 말했다.

"이제 이 성은 우리의 것이다. 하지만 왕실에선 우리의 방식을 과격하게 여겨 진상조사단을 파견하겠지."

팔키온 후작은 1왕자의 파벌이다.

이곳의 소식이 전달되면 바로 군사를 파견할 것이다.

"다행히도 이곳은 산맥의 지원을 받기에 아주 용이한 장소다. 너희들은 두려워할 필요 없다. 명분은 이미 나를 향하고 있으니, 설령 수만 대군이 온다 해도 우리를 어쩌진 못할 것이다."

그들은 파벌의 힘이 약화될 상황을 결코 용납하지 않는다.

하지만 속 편하게 정치 놀음으로 그들이 원하는 판에 어울려 줄 생각은 없다.

가진 힘을 모두 사용해서 일루미나의 영지를 갉아먹는다.

파벌의 힘을 갉아먹기 시작하는데, 명분 때문에 건들지 못하는 상황이 닥쳐 온다면 그들은 어떤 선택을 취할까.

각자 배후에 믿는 왕국을 이용해 페르노크를 압박할까.

아니면, 페르노크와 다른 왕족이 싸우는 모습을 방관할까.

장작을 집어넣었다.

그들은 불씨를 피우고 페르노크는 그 위에서 고기를 구워 먹을 것이다.

"그러니 두려워 말고 계속 우리의 일을 해 나가면 된다."

일루미나엔 세 명의 왕위 후보자들밖에 없다고 한다.

다른 왕족들이 끼어들 틈은 없다고, 그럴 기회조차 주어지지 않는다고.

많은 왕족들이 포기하여 세 명의 왕위 후보자들 밑에 들어갔다.

그리하여 이 나라엔 더 이상 파벌이 들어설 자리와 영지가 없다고 말한다.

웃기는 소리다.

"조사단이 파견되기 전까지 이 장부에 적힌 모든 영지를 우리 손에 넣는다."

이 땅에 더 이상 물려받을 것들이 없다면.

"점령전이다."

스스로 열어젖혀 가져오면 그만이다.

* * *

각 파벌은 정기적인 모임을 가진다.

팔키온 후작이 아무 연락도 없이 참석하지 않자, 1왕자 파벌이 의아하여 성에 사람을 보냈다.

그리고 후작의 죽음을 알아냈다.

소식은 곧 왕성에 도착했다.

"누가 죽어?"

일루미나의 여왕 필레나가 의아한 표정으로 물었다.

"팔키온 후작입니다."

"르젠이 침범이라도 한 거야?"

"아닙니다."

"그럼 암살이라도 당했어?"

"그것도 아니옵고……."

"답답하게 굴지 말고 빨리 말해!"

재상이 진땀을 흘리며 답했다.

"길드라고 하옵니다! S급 길드 네임드가 팔키온 후작령을 점거했습니다!"

"길드? 용병?"

순간 귀를 의심했다.

"지금 용병 따위에게 성을 먹혔다고?"

"그, 그러하옵니다."

"말이 된다고 생각해?"

"그것이……."

재상이 망설이다가 조심스럽게 말했다.

"……왕족능멸죄라 하여……."

"이게 무슨 터무니없는 헛소리야!"

가뜩이나 왕위 쟁탈전으로 나라 안팎이 시끄러운 상황이다.

왕위 후보자들이 돌아오는 이 시기에 왕족능멸이라는 가당치도 않은 말이 왜 나온단 말인가.

"당장 조사단을 파견해!"

"누구를······."

"공작을 보내면 되잖아!"

"아, 예!"

"후작령 근방의 영주들에게도 병사를 대기시키라 일러! 조사가 끝나는 대로 움직이도록!"

"알겠습니다!"

재상이 황급히 침소를 떠나고, 필레나는 시비를 불러 화장을 고쳤다.

국장을 치른 지 한 달을 조금 넘겼건만, 예상치 못한 죽음이 왕궁에 흘러 들어왔다.

그녀는 눈가에 피어난 주름처럼 왕궁에 이상한 균열 하나가 그어진 것 같아 짜증이 치밀어 올랐다.

* * *

페르노크가 감옥에 갇힌 기사단을 느긋하게 바라보았다.

"이러고도 무사할 줄 아느냐!"

살아남은 단원이 쇠창살을 붙잡으며 소리쳤다.

"귀족을 죽였으니, 네놈은 삼족이 멸할……!"

페르노크가 가볍게 손을 털어 그 단원의 목을 베어 버렸다.

목이 옆 감옥으로 굴러 떨어졌다.

"내가 누군지 아직도 말하지 않았나?"

지옥 속에서 기어 올라온 악마의 울음 같았다.

기사단장, 조셉의 눈동자가 흔들렸다.

"똑똑히 듣거라. 내가 바로 이 나라의 배다른 왕자, 페르노크이니라."

"헛소리!"

"단장님! 이곳을 빠져나가야 합니다!"

기사단이 아우성치지만 조셉은 꿈쩍도 하지 못했다.

그는 후작의 마지막 순간을 기억한다.

사생아라고 했던 그 말을.

"시끄럽군."

페르노크가 손을 들어 올리자, 조셉이 다급하게 외쳤다.

"그만! 당신의……!"

"당신?"

"왕자님께 무례를 범한 점, 깊이 사죄드리겠습니다!"

조셉이 바닥에 이마를 찍어 가며 외치자, 기사단이 눈을 깜빡였다.

"왕자?"

"단장님, 무슨 말씀을 하시는 겁니까!"

조셉이 마른침을 삼키며 외쳤다.

"이분은 전하의 사생아이시다!"

"예?"

"예전에 나를 따라 잿더미가 된 마을에 가지 않았더냐! 1왕자 전하께서 사생아를 죽인 흔적을 감추기 위함이었다!"

"……!"

"이분은 후작님께서 인정한 왕자님이시다!"

기사단이 충격에 빠진 듯 자리에 주저앉았다.

페르노크가 고개를 들어 올리는 조셉을 내려다보았다.

"살고 싶나?"

죽기 싫어 발버둥 치는 가여운 목을 당장이라도 부러뜨리고 싶었다.

결국, 조셉도 마을 처리에 관여했으니까.

하지만 조셉은 이용 가치가 있다. 쉽게 죽일 순 없다.

한계까지 부려 먹힌 뒤 전장에서 죽게 만들 것이다.

명계의 반생자가 웃으며 내려다 볼 정도로 험하게.

"7레벨에 달한 실력, 이대로 썩히긴 아깝지. 비록, 기사단원을 투기장에 투입시켰으나……."

"후, 후작의 지시였습니다!"

어느새 경어까지 거둔 조셉은 살고 싶은 절박함에 몸부림쳤다.

"그렇다고 그 일을 도운 네 죄가 없어진 건 아니지. 영지민을 죽음으로 내몰고 그것도 모자라 방관하며 돈을 챙긴 어리석은 놈. 내가 널 살려 둬야 할 이유가 있을까?"

조셉은 입이 바짝 말랐다.

'이런 문답을 주고받을 필요 없이 바로 죽였어도 됐을 것이다. 하지만 이자는 지금 나를 사용하고 싶어 해. 내가 가치가 있음을 증명해야 한다!'

조셉이 간절하게 외쳤다.

"목숨을 다 바쳐 왕자님을 섬기겠습니다!"

"너 따위가?"

"제, 제가 비록 왕자님에 비할 바는 못 되지만, 인근에선 저를 감당할 기사가 없습니다! 후작을 곁에서 보필하여, 병력과 군수 물품을 조달하는 방법도 훤히 꿰고 있습니다!"

"여러모로 능력이 있다는 놈치곤, 장부에 이름이 적힐 정도로 뒤처리가 허술한데?"

"어차피 제 목숨은 왕자님께 달려 있습니다! 하지만 죽게 될 거라면 적어도 기사답게 싸우다가 죽도록 허락해 주십시오!"

"누구와 싸운다는 건가?"

"왕자님의 적입니다!"

"언제나 앞장서서 싸우겠다고?"

"왕자님께서 바라신다면!"

"추할 만큼 삶에 미련이 많군. 기사단장이라는 작자가 수치도 모르는군."

조셉의 얼굴이 빨갛게 달아올랐다.

"하지만 이해한다. 패배자로 죽고 싶진 않겠지. 비루하게나마 삶을 연명하려는 모습이 나쁘진 않군. 하지만 내가 말뿐인 충성을 어찌 믿겠나?"

"예?"

"팔키온 후작이 1왕자 파벌 아닌가. 자네를 살려 줬다간 괜히 내부에 적을 두는 게 아닐까 우려하는 부하들이 있어."

"아, 아닙니다! 제가 비록 투기장에 관련되었지만, 모든 지시는 후작에게서만 받았습니다! 1왕자는 한 번도 본 적이 없습니다."

"말로는 뭔들 못해."

페르노크가 싱긋 웃으며 조셉 앞에 붉은 액체가 담긴 병을 내려놓았다.

"마셔."

"이게 무엇인지……."

"내게 적의를 가지거나 명령에 어길 경우 온몸의 혈관이 터져 죽을 거라는 계약이야."

"서, 설마 계약 마법?"

특이형의 한 종류로 레벨에 상관없이 상대의 동의하에

이뤄지는 마법이다.

[피의 속박 Lv.5]
대상과 피의 맹세를 체결한다.
대상의 동의가 반드시 필요하며, 맹세의 조건을 어길시
대상은 죽는다.

상당한 제약이 있어서 페르노크도 한동안 기억 속에 묻
어 뒀던 마법이었다.
자기보다 높은 레벨의 마법사에겐 계약이 성립되지 않
지만, 이걸 걸었다는 하나만으로 조셉은 두려워하며 속
박될 것이다.
"계약의 갑은 내 길드원 중 한 명이다. 그리고 그가 죽
는 순간, 너도 죽는다."
조셉이 마른침을 꼴깍 삼켰다.
"또한 앞서 말한 조건들을 어길 경우에도 죽는다. 대
신, 너를 포함해 기사단원들을 살려 주지. 물론 관리는
네가 철저하게 해야겠지만 말이야."
말 그대로 영혼까지 바쳐 가며 개처럼 일하라는 뜻이
다.
"너의 충의를 내게 바쳐라."
조셉이 덜덜 떨리는 손으로 병을 붙잡았다.
페르노크와 병을 번갈아 보던 그가 눈을 질끈 감더니

병 속의 피를 단숨에 들이켰다.

'쓰다 버릴 사냥개가 한 마리 생겼군.'

페르노크가 씨익 웃었다.

조셉이 병을 내려놓고 페르노크에게 고개를 조아렸다.

"추, 충성을 다하겠습니다!"

"기사단은 앞으로 내 휘하 길드장들과 새로운 체계로 개편된다. 너의 직위는 부기사단장으로 하며, 얼마만큼의 충성을 바치는지에 따라 더욱 높은 대가를 약속하지."

"감사합니다, 왕자님!"

페르노크가 감옥의 문을 열었다.

조셉이 핼쑥한 안색으로 걸어 나왔고, 곧 단원들이 갇힌 곳으로 향했다.

필사적으로 기사단원들을 설득하는 그를 보며 페르노크는 웃었다.

비로소 팔키온 후작령의 모든 것을 거머쥐었다.

* * *

지난 밤사이에 벌어진 일을 영지민들도 알고 있었다.

병사가 그들의 가족일진대 모르는 것이 말이 되지 않는다.

페르노크는 내성 앞으로 영지민들을 모두 불러 모았다.

VIP의 자제들까지 나서서 독촉한 덕분에 내성 앞이 바글거렸다.

페르노크가 위에 서서 말했다.

"나는 일루미나의 왕자 페르노크다!"

영지민들의 웅성거림이 뚝 끊겼다.

병사들에게 들었지만 아직도 믿기지 않았다.

아니, 믿을 수단 자체가 없었다.

말로는 누구나 왕이며 신이라고 떠들 수 있으니까.

"너희들의 불신도 이해한다! 하지만 생각해 보라! 왕족이 아닌 내가 어떻게 귀족의 목을 치고 당당히 이 자리에 올라 너희에게 나를 소개하겠는가!"

그 말은 일리가 있었으나 불신을 걷히기엔 부족한 측면이 많았다.

페르노크도 어설픈 설득을 이어 갈 생각은 없었다.

"하지만 나는 너희에게 나를 자랑하려고 부른 것이 아니다. 간밤의 소란 때문에 혼란스러워할 너희에게 좋은 선물을 내려 주고 싶었다."

페르노크가 손가락을 튕기자.

절대복종을 맹세한 단장 조셉이 수레를 끌고 나타났다.

"이분은 일루미나의 적법한 왕자님이시오!"

조셉이 나서서 말하니 영지민들의 눈이 휘둥그레졌고.

"자, 왕자님께서 여러분들의 배고픔을 안타까워하시어

양식을 내주셨소!"

이어, 기사단원들이 수레에 실린 먹을 것을 나누어 주자 입을 쩍 벌렸다.

"듣거라."

페르노크의 울림은 낮았다.

하지만 영지민들의 귓가에 똑똑히 전달되었다.

"나를 믿지 못하여도 좋다. 하나, 너희들의 일상이 평온하기를 바라는 마음으로 이 영지를 다스리겠단 생각을 분명히 전하는 바이다."

어느새, 영지민들은 모두 의아함을 떨치고 페르노크에게 시선을 고정시켰다.

"가뭄으로 세금조차 내지 못하고 허덕이는데, 어찌 너희들의 가난을 외면하겠느냐. 가뭄이 해소될 때까지 세금을 받지 않겠다! 또한 성의 소와 말을 내주어 너희들의 농사가 잘되기를 기원하고, 배고프지 않도록 주에 한 번씩 식량을 배급할 것이니, 두려워 말고 나를 찾아오라!"

그리고 페르노크는 길드원들을 시켜 성의 창고를 열게 하였다.

영지민들이 배를 곯는데, 창고는 풍요롭기 그지 없었다.

"이 씨벌 돼지새끼가. 지 혼자 처먹고 있었네."

"한 달은 거뜬하겠군."

"그러게. 후발대가 올 때까진 충분히 버티고도 남겠어."

살리오와 엔리도 직접 배급에 뛰어들었다.

처음에 망설이던 영지민들도 조금씩 눈치를 보며 식량을 가져갔다.

농사를 짓는 자에겐 소를 빌려줬고, 물품을 운반하기 곤란한 자에겐 말을 내렸다.

혼란스러웠던 민심이 단숨에 페르노크를 향한 추앙으로 바뀌었다.

불과 일주일도 지나지 않았다.

"왕자님, 오늘도 순찰을 도십니까!"

"삶은 감자를 내왔는데 함께 드시지요!"

거리엔 온통 페르노크를 반기는 영지민들로 가득했다.

그들은 페르노크가 왕자가 아니어도 좋았다.

그저 이 성을 계속 통치해 주기를 바랐다.

페르노크는 그들에게 손을 흔들어 주며 성으로 돌아왔다.

익숙한 얼굴들이 수레 행렬을 이루며 기다리고 있었다.

"왕자님! 보급품을 싣고 왔습니다!"

A급 길드장들이 리오에게 전달받은 식량과 군수물품을 가지고 도착했다.

"먼 길 오느라 고생했다."

"아닙니다. 한데, 전쟁을 치르는 것치곤 굉장히 평화로워 보입니다."

그들은 영지전에 대한 말을 이미 듣고 있었다.

"너희들은 나라의 근간이 뭐라고 생각하나?"

엔리가 씨익 웃으며 답했다.

"당연히 돈이지."

"그 돈을 버는 건 누구지?"

"사람."

"그래, 백성이다. 그들의 노동력이 시장을 돌아가게 하는 원동력이다. 나는 그것에 투자한 거야."

"돌려받을 순 있고?"

"지금 환호와 존경으로 나를 떠받들지 않나."

"그건 밥이 안 돼."

"되게 해야지. 더 많은 백성을 끌어모아서."

영민한 몇몇 길드장은 페르노크의 말뜻을 이해했다.

"유력 왕족들은 외교에 힘쓰고 있는데, 정작 왕국의 백성들은 오랜 가뭄으로 굶주린단 사실을 외면하고 있어. 그들은 다른 나라의 힘을 가졌지만, 자국의 백성들에겐 먼 존재일 뿐이야. 나는 그런 백성들에게 가장 친숙한 사람이 되려 한다."

"지금 같은 방식을 고수하면서 말입니까?"

조디악이 묻자, 페르노크는 고개를 끄덕였다.

"단순히 영지전만 벌이는 게 아니야. 어차피 그곳은 다른 사람으로 채워지게 되어 있어. 그러니 영지의 근간인 백성들의 민심이 나를 향하게 만들어야지."

페르노크가 후발대를 기다릴 동안 영지를 수습한 모습을 떠올리며 살리오가 고개를 끄덕였다.

"도움이 됐나, 살리오?"

"예."

살리오에게 작위를 내려 준 후에 적당한 영지를 떼어 같은 방식으로 영지민들을 다스린다.

그 환호는 결국 페르노크에게 모이고 새로 건국될 나라는 단단해진다.

"이곳을 거점으로 삼겠다."

페르노크가 후발대에게 장부를 나눠 줬다.

"너희는 이곳에서 거슬러 올라가 장부에 적힌 귀족들을 모두 내 앞에 끌고 와라."

"영지가 아닌 곳도 있습니다."

"재산까지 몰수해."

"알겠습니다."

그리고 일루미나의 지도를 길드장 앞에 펼쳤다.

몇몇 지역이 표시되어 있었는데, 전부 민심이 흉흉한 곳이었다.

"이곳은 장부에 적힌 귀족이 없다. 하지만 1왕자의 파벌이지. 점령한 뒤에 백성의 민심을 얻기에도 아주 좋은 곳들이다."

"하지만 명분이 없지 않습니까."

"쯧쯧, 르젠의 왕족들을 처리하면서 뭘 배운 거야?"

페르노크의 싸늘한 말에 길드장들이 그 시절을 떠올렸다.

"아!"

명분이 없다면 만들면 된다. 그 이유는 아주 사소해도 상관없다.

오래된 은원. 케케묵은 과거.

모두 꺼내서 영지전을 유도한다.

"눈치만 보며 상황을 재다간 르젠의 왕자들처럼 우리도 무너진다. 게다가 수도에서 진상조사단이 출발했다는군. 왕국 근위 기사단을 포함한 마도사가 섞여 있다."

"……!"

"아마 인근 귀족들에게도 명령이 떨어졌겠지. 방비를 단단히 하고 병력 모을 준비를 하라고."

페르노크가 굳은 표정의 길드장들에게 물었다.

"따라올 수 있겠나?"

르젠의 왕자들과 다르다.

능력을 보이지 못하면 가차 없이 산맥으로 돌려보낸다.

공을 얻지 못하면 그들도 원하는 지위를 갖지 못한다.

명쾌한 방식에 누구도 물러설 생각을 안 한다.

"사흘, 그때까지 장부에 적힌 놈들을 모조리 데려오겠습니다."

"명분을 만들어 두겠습니다."

페르노크가 기꺼워하며 지도에 선을 그었다.

영지와 영지가 만나 후작령에 이르자, 그 자체로 단단한 방위가 형성되었다.

"보름."

페르노크가 단호히 명했다.

"3곳을 점령한다. 시일을 넘긴다면 앞으론 나 혼자 행동하겠다."

시간 싸움에 불을 지폈다.

한때, 르젠 왕국을 주름잡던 A급 길드장들은 각기 나뉘어 자신들의 특색을 살린 사냥을 시작했다.

"그럼 우리도 가 볼까."

"예!"

목줄이라도 잡힌 듯 로브를 뒤집어 쓴 조셉이 쫄쫄거리며 페르노크를 따랐다.

6장. **점령전**

점령전

영지전의 핵심은 백성과 식량을 차지하는 것이다.

각 길드장들이 부리나케 뛰고 있는 가운데, 페르노크도 가장 유력한 후보군 하나를 선정했다.

1왕자를 지지하는 불트 백작이 다스리고 영지.

솜이라는 특산품으로 제법 부유한 영지를 일구는 중인데, 문제는 그 영지의 부가 모두 불트 백작 개인에게 소유된다는 점이다.

'1왕자의 자금줄 중 하나.'

불트 백작은 특산품 판매 금액의 일정한 양을 1왕자에게 바친다.

그것으로 그 지역을 다스릴 명분을 하사받았다.

'역시, 먼저 친다면 여기겠지.'

페르노크가 눈앞의 사내를 바라보았다.

"반갑군, 한스."

"여, 영광입니다, 왕자님."

영지민 한스의 구구절절한 사연이 페르노크의 구미를 잡아당겼다.

"작은 모포점을 운영한다고?"

"예!"

"한데, 무슨 문제가 있는 건가? 왜 모포점을 닫았지?"

"그것이……."

"괜찮아. 내가 해결해 줄 수 있다면 얼마든지 도와주마."

"저는…… 불트 백작가의 직속 상단에게서 대금을 제대로 받지 못하고 있습니다."

다시 생각해도 억울한지 한스가 울컥한 표정으로 고개를 들어 올렸다.

"저흰 상단에게 의뢰받아 솜으로 모포를 제작합니다. 기일까지 수량을 맞추려 밤낮을 가리지 않고 일했죠! 그렇게 완성된 모포를 건네줬는데, 상단에서 제값을 치르긴커녕 계속 백작님의 이름만 거론하고 정산을 미룹니다!"

모포점 안에 한스의 가족들이 웅크리고 있었다.

"이곳을 팔아야 할 정도로 상황이 않좋나?"

"예! 이러다 거리에 나앉게 생겼습니다! 왕자님께서 식량을 배급해 주시지 않았다면, 다 비쩍 곯아 죽었을지도 모릅니다!"

"받아야 할 대금이 얼마인가?"

"500골드 정도 됩니다."

한스의 가족들이 몇 년은 놀고먹을 수 있을 만한 금액이다.

"한두 푼도 아니고 그만한 돈을 떼였는데 어째서 지금까지 침묵했었나?"

"알렸습니다! 후작님께도 제발 사정을 봐 달라고 부탁드렸습니다! 하지만…….'"

볼트 백작과 팔키온 후작은 1왕자 파벌이다.

보아하니 둘이 합작해서 영지민들의 노동을 착취한 듯했다.

'한스 말고도 더 많은 사람들이 휩쓸렸겠군.'

페르노크가 미소를 감추며 말했다.

"내가 10배로 돌려받게 해 주지."

"네!?"

"대신, 내가 하자는 대로 따라 줄 수 있나?"

"도, 돈만 주신다면 뭔들 못하겠습니까!"

페르노크가 한 장의 서찰을 내주며 은밀히 속삭였다.

"그럼 지금부터 볼트 백작가의 상단에게 가서 내가 시키는 대로 해."

불트 백작은 신경이 곤두선 상태였다.

'팔키온 후작이 죽고 왕족능멸을 거론하는 S급 길드가 나타났어?'

왕실에서 경계를 단단히 세우라고 명했다. 하지만 이곳에 사병은 많지 않았다.

애시당초 이곳은 특산품을 가공하여 판매한 대금으로 1왕자를 지지하는 자금줄이었기 때문이다.

상행에 투자하느라, 병력은 최저한의 수준만 유지할 수밖에 없었다.

'진상조사단이란 놈들은 언제 오는 거야.'

나라 안팎으로 왕위쟁탈전이 울려 퍼지면서 각 파벌은 정쟁에 신중을 기하고 있다.

그런 차에 생각지도 못한 비보가 근처 영지에서 들려오니 불트 백작은 최근 잠도 제대로 못 잤다.

"왕자님이 빨리 오셔서 뭔가 정리해 주셔야 할 텐데."

타고난 입담과 아부 능력으로 1왕자 파벌에 빌붙고 있는 불트 백작이 창가를 서성이며 손톱만 깨물고 있을 때였다.

똑똑.

"뭐야?"

날카로운 소리에 행정관이 조심스럽게 들어왔다.

"실례하겠습니다. 급히 드릴 보고가 있습니다."

"뭔데?"

"팔키온 후작령의 한스라는 놈이 모포 대금을 요청하고 있습니다."

"누구?"

"한스입니다. 모포점의 한스."

불트 백작이 미간을 찌푸리며 생각해 봤지만 도통 떠오르지 않는다.

"어디 상단주야?"

"아닙니다. 그냥 영지민입니다."

"야!"

불트 백작이 신경질적으로 소리쳤다.

"내가 그딴 놈까지 알아야 돼? 네 선에서 다 처리하라고 했잖아!"

"하지만 왕자님과 관련된 사안입니다."

"뭐?"

"작년에 왕자님 사병에 보낼 모포를 제작하지 않았습니까. 모두 한스의 작품입니다."

"아, 그 모포!"

불트 백작은 모포 대금을 지급하지 않았다.

당시 팔키온 후작 역시 1왕자를 지지하고 있어, 둘이 말을 맞추자 물품을 발주받은 자들만 바보가 되었다.

한스도 그중 한 명이었다.

무리해서 빚까지 내 가며 다량의 모포를 제작했던 그는 대금을 받지 못해 파산하고 말았다.

이런 식으로 수많은 사람을 보내 버린 불트 백작에겐 한스는 그저 스쳐 가는 이름 모를 노동력에 지나지 않았다.

"그거 만든 놈이 한스라는 잡놈이라고?"

"예."

"그래서, 그놈이 지금 여길 찾아왔어?"

"성문 밖에 있습니다. 1년 전의 대금을 받겠다고 합니다."

문득, 불트 백작은 팔키온 후작령의 왕족 능멸죄를 떠올리며 고개를 저었다.

'아직은 거기와 엮이면 안 돼. 숙이라고 했으니, 사소한 문제도 흘려보내야지.'

불트 백작이 혀를 차며 말했다.

"적당히 줘서 돌려보내."

"그게…… 액수가 터무니없습니다."

"얼만데?"

"2천 골드입니다."

불트 백작이 물 마시다가 헛기침을 내뱉었다.

"뭐, 뭐라고?"

"정확히 2천 골드를 요구했습니다."

"이놈이 어디서 머리를 들이받기라도 한 거야? 모포값이 무슨 2천 골드나 해?"

1왕자에게 보낼 모포라 아직도 기억난다.

"솜은 우리 걸로 좋은 품질만 썼어. 제 놈은 그저 노동력만 동원했다고!"

"제작에 필요한 부재료를 한스가 구매했었습니다."

"그거 다 포함해도 백 골드가 안 돼! 심지어 주재료 중 하나인 가죽을 공급한 팔키온 후작도 적당히 처먹었는데, 제깟 놈이 뭘 2천 골드씩이나 요구해!"

"대금에 이자까지 붙여서 받겠다고 지금 성 밖에서 외치고 있습니다."

"이런 미친놈을……!"

얼굴이 붉게 달아오른 불트 백작이 간신히 화를 삭이며 말했다.

"적당히 값을 치러 주고 돌려보내."

"굳이 줘야 합니까?"

"팔키온 후작령에 지금 진상조사단이 파견되고 있어. 후작이 죽었다고! 거기에 눈이 회까닥 돌아간 용병 놈들이 무슨 시비를 걸어올지 몰라. 지금은 성에 빗장 걸어 잠그고 단단히 방비해야 한다!"

"으음…… 알겠습니다."

행정관이 목례하고 집무실을 나갔다.

불트 백작이 고개를 절레절레 저었다.

후작이 죽어서 자신감이라도 붙은 걸까.

왜 그쪽 영지민이 갑자기 꼬이는지 이해할 수 없고, 생각하기도 싫었다.

"에잉, 아침부터 재수 옴 붙기는."

* * *

행정관이 나오자 한스가 마른침을 꼴깍 삼켰다.

'후우, 지시한 대로만 하자. 지시한 대로만.'

등 뒤에 로브를 눌러쓴 두 사람을 생각하자 자연히 용기가 차올랐다.

"저어, 행정관님. 어떻게 되셨습니까?"

"자네의 요구가 너무 터무니없네."

"예?"

"아닌 말로, 솜과 가죽 모두 우리가 구해서 가져다주지 않았나."

"제작에 필요한 도구며 실과 이음새를 덧붙일 물품들은 모두 제가 빚까지 져 가며 산 것입니다! 대금만 받으면 해결할 수 있다고 그리 외치며 발품 팔아 마련한 것인데, 어찌 터무니없다고 하십니까!"

"쓰읍, 어허. 목소리 낮추시게. 여기가 어딘 줄 알고."

"제 돈 받을 곳이지요!"

한스가 눈을 부라리자 행정관이 어처구니없다는 듯 헛

웃음을 터트렸다.

"곱게 대우해 줄 때, 이거 챙겨서 나가게."

그리고 바닥에 얇은 주머니 하나를 떨어뜨렸다.

한스가 부들부들 떨리는 손으로 주머니를 잡아 열어 보았다.

30골드가 전부였다.

"제 대금만도 못하지 않습니까!"

"원래 대금이 얼마였지?"

"500골드였습니다!"

"그래, 맞아! 500골드! 그런데 어째서 자네는 2천 골드라고 나를 속였나?"

"그건……."

"예끼! 어찌 백작님을 상대로 사기를 치려고!"

행정관이 수염을 쓰다듬으며 손을 휘저었다.

"내 자비를 베풀어 못 본 척할 테니 가시게."

"……원금이라도 돌려주십시오."

"아, 글쎄 없다니까!"

"행정관님!"

"1년이나 지난 일을 이제 와서 따지면 어쩌자고! 난 할 말 없으니 이만 돌아가!"

행정관이 소리치자 주위의 병사들이 몰려들었다.

창대를 쥐고 노려보는 눈길에 한스가 움찔할 때였다.

그의 어깨를 손으로 짚으며 로브를 눌러쓴 사내가 앞으

로 나왔다.

"아직 내 말 안 끝났어."

"아니, 뭐라는……."

성으로 들어가려던 행정관이 몸을 돌렸다.

사내가 천천히 로브를 벗자 몸이 얼어붙었다.

날씨는 화창했고, 햇살은 따사로웠다.

밧줄로 구속한 것도 아니었다.

하지만 눈을 마주한 순간 행정관은 움직일 수 없었다.

"한스의 대리인이다."

눈빛이 무척이나 맑은 사내였다.

마치 빨려 들어갈 것만 같은 묘한 느낌을 주는데, 왠지 모를 오싹함이 등줄기를 쓸었다.

"대금은 분명 500골드였지만, 그 당시에 받지 못해 빚이 많이 청구된 상태였고, 이자도 함께 붙었지. 팔키온 후작령식으로 계산해 보니 2천 골드라는 결과가 나왔는데, 어째서 너희는 밀린 이자는 생각도 안 하고……."

사내가 한스에게서 주머니를 빼앗아 땅으로 털었다.

30골드가 행정관 발치에 굴러다녔다.

"……이따위 코 묻은 돈이나 주면서 나가라고 핍박하는 거지? 네놈 눈엔 이게 원금처럼 보이나? 아니면 골드 하나의 가치가 뻥튀기라도 된 거야?"

사내가 행정관 앞에 바싹 붙었다.

"눈깔을 어디에다 두고 다니는 거냐. 행정관이란 놈이

계산도 못 하고, 말투도 천박한데다가, 성의 위신만 깎아 내리는구나."

그러자 병사들이 사내와 행정관 사이를 창으로 가로막았다.

"뭐지?"

"이, 이 양아치 같은 새끼!"

행정관이 정신을 차리고 물러났다.

그리고 모욕이 수치스러웠는지 얼굴을 빨갛게 물들이며 소리쳤다.

"당장 추방해!"

"예!"

병사들이 험상궂은 얼굴로 사내의 어깨를 거칠게 휘어잡은 순간, 남은 로브의 사내가 튀어나와 병사들을 가볍게 때려 눕혔다.

"어?"

행정관이 그의 얼굴을 보곤 눈을 끔뻑였다.

몇 번 백작가로 찾아온 모습을 기억하고 있다.

교류가 있을 때마다, 각 성의 관리들이 술자리를 자주 가졌으니까.

"조셉 기사단장님?"

조셉이 눈을 부릅뜨며 소리쳤다.

"무엄하다!"

그 순간, 위에서 이를 지켜보던 병사들이 안에 기별을

넣었고, 내성문이 열리며 기사 두 명과 병사 삼십 명이 튀어나왔다.

"감히 이분이 뉘신 줄 알고!"

"행정관님! 이게 무슨 일입니까!"

양측이 서로 대치하며 상황을 파악해 나갔다.

한스가 두려운 눈으로 사내를 보았다.

자신 때문에 너무 일이 커졌다고 생각하여 바짝 긴장한 듯했다.

"열 배로 뜯어내 준다고 하지 않았나."

"하지만……."

"걱정 말게. 이 풍경을 나는 아주 좋아하거든."

페르노크가 조셉을 뒤로 물리고 앞에 섰다.

"내 소개가 늦었군. 페르노크라고 한다."

행정관이 입을 쩍 벌렸다.

이 근방에서 그 이름을 모르는 자가 있을까.

'뭐지? 뭔가 이상하다.'

눈치 챘을 땐, 이미 기사와 병사들의 흉흉한 기세가 페르노크에게 향한 상태였다.

"억울한 영지민을 돕고자, 너희의 양심을 지켜보려 잠시 뒤에 있었는데, 함부로 검을 뽑으면 쓰나."

페르노크가 씨익 웃었다.

"이건 나에 대한 명백한 도전이다."

　　　　　　　* 　* 　*

　불트 백작은 아침부터 싱숭생숭한 기분을 풀고 싶었
다.

　침소를 뒤척였으나 잠은 오지 않고, 신경이 잔뜩 달아
오른 몸만 예민해졌다.

　"여봐라!"

　"예!"

　하녀가 급히 들어와 허리를 숙였다.

　매끈한 자태를 보자 아랫도리가 발딱 섰다.

　군침을 삼킨 불트 백작이 짐짓 엄한 목소리로 말했다.

　"시중을 준비하거라."

　"시중…… 말씀입니까……?"

　"그래. 지금 당장 가서 단장하고 오너라."

　아침부터 모든 수발을 들라는 말에 하녀가 굳은 표정으
로 돌아선 순간이었다.

　콰앙!

　지진이라도 난 것처럼 땅이 흔들렸다.

　불트 백작이 자세를 못 잡고 비틀거리기 무섭게 행정관
이 벌컥 문을 열고 들어왔다.

　"여, 영주님!"

　옷이 넝마처럼 찢긴 상태였다.

그는 당황스러움을 감추지 못하고 불트 백작에게 다급히 소리쳤다.

"요, 용병입니다!"

"뭐?"

"팔키온의 페르노크라는 길드장이 지금 기사단과 대치하고 있습니다!"

불트 백작이 고개를 갸웃했다.

마른하늘에 날벼락이 떨어지는 것도 아니고 이 무슨 황당한 소리란 말인가.

* * *

"대체 무슨 말이야!"

"한스가! 그놈이 사람을 함께 데려왔는데, 그게 페르노크 길드장과 조셉 기사단장이었습니다!"

"뭐?"

불트 백작은 이해할 수 없었다.

팔키온 후작을 죽일 때, 조셉 기사단장도 함께 죽었다고 알려져 있다.

그런데 조셉이 살아 있고 그것도 모자라 주군을 죽인 페르노크와 함께한다?

불트 백작의 머리가 어지러워졌다.

"당장 가서 병사들을 모으고 내성 안으로 들이지 마!

절대!"

"예, 예!"

행정관이 발바닥에 불이 나도록 달리자, 불트 백작은 황급히 옷을 갈아입었다.

갑옷을 챙겨 입고 밖으로 나가니, 이미 기사 세 명이 쓰러져 있었다.

그리고 남은 기사단과 병사들이 두 사내와 대치 중이었다.

한 명은 조셉이었고, 다른 하나는 보는 것만으로도 왠지 섬뜩함을 심어 주는 사내였다.

"이게 무슨 소란인가!"

불트 백작이 긴장을 삼키고 애써 외쳤다.

기사단이 불트 백작에게 예를 취했지만, 조셉은 시큰둥했다.

"그대야말로 왕자님께 예를 갖추지 않고 뭐 하는 것이오!"

"조셉! 그게 무슨 말인가!"

"이분이 바로 일루미나의 정당한 왕위 계승자이신 페르노크 왕자님이시다! 어서 예를 갖추지 못할까!"

조셉이 호통치자 병사와 기사단이 웅성거렸다.

불트 백작도 소문을 들어 알고 있었다.

하지만 이 허무맹랑한 말을 어찌 믿는단 말인가.

"내게 칼을 겨눈 것으로도 모자라 왕족을 사칭해!?"

"팔키온 후작이 인정했다."

"이젠 주군까지 욕보이는 것이냐! 기사란 놈이 어찌!"

"흥, 돈독에 오른 눈으론 진실도 못 보는구나."

"이놈이!"

"불트 백작, 너는 지금 목이 떨어져도……!"

페르노크가 손을 뻗어 조셉의 말을 가로막았다.

"진정들 하시오. 진실은 이제 곧 찾아올 조사단이 밝혀 줄 터. 하지만 그 전에 나는 영지민의 억울함을 풀어 줘야겠소."

페르노크가 나서자 불트 백작이 저도 모르게 한 발자국 물러섰다.

"긴장하지 마시게. 얌전히 내 조건을 수용하면 이 이상의 소란은 없을 걸세."

"조건?"

"우리 한스가 이곳에서 미처 정산 받지 못한 돈이 있다더군."

"아니, 고작 그것 때문에 여기까지 왔단 말인가?"

"고작?"

페르노크의 눈이 싸늘해지자 이 자리의 모든 사람들은 심장이 얼어붙는 것만 같았다.

"한 가정의 목숨이 달린 일을 어찌 영지민을 보살피는 영주라는 작자가 쉽게 외면하는가."

"터무니없는 금액을 외치지 않소! 2천 골드? 하, 지금 같은 시기에 그만한 돈이 장난으로 보이나?"

"무슨 소리를 하는 거야? 2천 골드라니?"

"갑자기 말장난이라도 하자는 건가. 아까 분명 2천 골
드라며!"

페르노크가 고개를 갸웃했다.

"다른 사람들의 것이 빠졌군."

"뭐?"

"한스뿐만이 아니라 그간 네가 우리 영지민에게 먹은
돈이 제법 많아. 심지어 그 돈을 돌려받지 못해 죽은 자
들도 있고. 유가족들과 합의한 끝에 배상금을 책정했다.
만 골드."

불트 백작이 쌍심지를 치켜세웠다.

"어디 양아치 새끼도 아니고! 이곳이 백작령임을……."

"빚을 받으러 왔는데 그게 뭐가 중요해."

"……S급 길드라고 눈에 뵈는 게 없느냐! 나는 일루미
나의 귀족이다!"

"자꾸만 어려운 길을 가는군."

페르노크가 손을 내밀었다.

"돈 주고 깔끔히 끝내."

"어디서 되먹지 못한 짓이야!"

"없는 돈 달라고 한 것도 아니지 않나. 그러기에, 진작
500골드를 주고 끝냈으면 서로가 좋았잖아. 팔키온 후작
하고 사이좋게 나눠 먹어서 왜 나까지 귀찮게 만들어."

볼트 백작이 이를 악물었다.

진상 조사단이 파견될 때까지 팔키온과 엮이지 말라는 명령이 머리에서 싹 지워졌다.

한낱 용병이 자신을 무시했다는 생각이 들자 분노가 치밀어 올랐다.

"썩 꺼져라!"

페르노크가 피식 웃으며 손을 거뒀다.

"네놈 생각은 잘 알겠다. 그럼 나도 마지막으로 한 마디만 하지."

페르노크가 차분한 시선으로 볼트 백작을 마주 보았다.

"한스의 일은 곧 나의 일과 같다. 넌 방금 나와 내 영지민의 명예를 짓밟고 무시했어. 이 사실을 절대 잊지 말도록."

페르노크가 돌아섰다.

한스가 감동한 표정으로 바라보니 어깨를 두드리며 말했다.

"돌아가지. 모포점은 내가 도와주겠네."

페르노크와 조셉이 한스와 함께 왔던 길을 되돌아갔다.

그들이 사라지고 나서야 볼트 백작은 왕실의 명을 떠올렸지만, 이미 돌이킬 순 없는 노릇이었다.

그저 찜찜함을 털기 위해 경계를 바짝 세우는 것이 불

트 백작의 유일한 위안이었다.

하지만 그 안일함이 큰 불로 번졌다는 사실을 정확히 사흘 후에 깨달았다.

* * *

"이, 이게 뭐야."

성문 밖에 네임드의 깃발이 휘날리고 있었다.

그 옆에 팔키온 기사단을 상징하는 인장도 함께 걸고 있었다.

"불트 백작!"

제일 앞으로 튀어나온 한 명의 청년.

페르노크의 얼굴을 마주한 불트 백작은 심장이 밖으로 튀어나올 것 같았다.

"며칠 전, 내가 했던 말을 기억하겠지!"

페르노크를 쫓아낸 지 고작 사흘이다.

팔키온 후작령에 보고하고 사람을 보낸다 한들, 이렇게 많은 병력을 모아 올 순 없다.

'처음부터 준비했었다고?'

마침내 깨달은 사실에 불트 백작이 창백하게 질렸다.

"본 영주는 왕족이기 이전에 영지민들을 보살피는 군주로서 작금의 행태를 결코 용납할 수 없다."

"무, 무슨 말도 안 되는 억지요! 얼마 전에 셈을 쳐주지 않았소!"

"내 영지민의 등골을 뽑아 먹고 몇 푼 안 되는 돈으로
명예조차 버리라는 말이더냐?"

"아니면 지금 공성전이라도 하자는 거요!"

"마다할 이유가 없지."

불트 백작의 심장이 철렁했다.

"이미 각오를 끝낸 듯하니 긴말할 필요는 없겠군."

페르노크가 네임드의 깃발을 들어 성벽에 던졌다.

쿵!

불트 백작의 깃발과 나란히 걸려 펄럭이는 네임드의 깃
발이 무엇을 의미하는지 다들 알고 있었다.

영지전.

일루미나 왕국에서 수십 년만에 다시 영지전이 펼쳐지
는 것이다.

"아, 아니오! 그런 게 아니라……!"

불트 백작이 진땀을 흘렸다.

보통 이런 경우는 백작의 권위로 찍어 눌러 왔었다.

하지만 상대는 이미 만반의 준비를 갖춰 왔고, 이름만
으로 물러내기엔 기세가 하늘을 찌른다.

"1왕자께서 이곳을 관리하신다!"

비명처럼 내지른 말이지만 오히려 페르노크를 자극했
다.

"불트 백작은 영지민과 나아가 본 영주의 명예를 더럽

힌 대가를 치르도록 하라!"

지금껏 1왕자의 후광을 믿고 부정을 저질러 왔던 불트 백작이 처음으로 맞이하는 유형이었다.

"수, 수성! 수서엉!"

불트 백작이 고함을 내지른 순간 페르노크가 검을 들어 올렸다.

영지전을 알리는 신호에 불트 백작은 사색이 되어 소리쳤다.

"지, 지불하겠소! 만 골드…… 허억!"

쾅!

성벽에 터진 폭음이 불트 백작의 목소리를 삼켰다.

페르노크가 조디악을 힐끗 보았다.

"돼지 멱따는 소리를 계속 들을 생각이었습니까?"

페르노크가 피식 웃었다.

"너도 한자리 차지하고 싶더냐."

"네임드에 합류한 모두가 같은 생각일 겁니다."

"공을 세우고 싶다는데 마다할 순 없지. 몇 명이면 뚫겠느냐."

"길드 두 곳과 기사단을 내주십시오."

"내 앞에 돼지를 끌고 오도록."

조디악이 지면에 손을 대자마자 성벽 주위의 대지가 붕괴되기 시작했다.

"마, 막아!"

불트 백작이 다급하게 외치며 기사단과 병력을 움직였다.

얼떨결에 시작된 영지전.

중요한 건 그가 이 대결을 받아들였다는 점이다.

자드는 순식간에 벌어진 상황이 익숙하면서 신기하게 느껴졌다.

'꼭 이솔룬 왕자가 다른 왕자들을 칠 때의 방식같아.'

명분은 사소한 이유로도 만들어진다.

조상이 진 빚을 오랜 세월이 흘러 갚지 않았다며 찾아와 서로의 명예를 걸고 결투하는 일도 흔하다.

페르노크의 방식은 과격했지만, 상대를 말려들게 했다.

판이 깔린 순간 네임드의 무대가 완성된다.

"자드, 다른 길드장들은?"

"장부의 귀족들을 붙잡아 이곳으로 오고 있지."

"넌 바로 다음 성으로 움직일 준비를 해라."

"벌써?"

"성으로 귀환하지 않는다. 이대로 합류하는 사람들을 이끌고 남은 성을 순회한다."

그리고 보니 살리오와 엔리가 각자 다른 두 성에 명분을 만들러 갔었다.

그곳의 민심도 흉흉하여 노리기 좋아 보였다.

게다가 1왕자 파벌이었다.

"불트와 팔키온 그리고 남은 두 곳. 1왕자 커넥션을 한데 엮어 쓸어버리면 아주 좋은 그림이 완성되겠지."

"그럼 다른 한 곳은 내게 맡겨 주겠어?"

"영지전의 규칙은 알고 있겠지?"

"왕궁에서 조사단을 파견해 죄의 경중을 가릴 때까지 승자는 패자의 목숨을 유보한다. 영주를 죽이면 안 된다!"

페르노크가 고개를 끄덕였다.

"영주 외엔 알아서 처리해. 대신, 백성을 먼저 챙겨야 한다."

"누구도 휩쓸리지 않게 잘해 보지!"

자드가 웃고 있을 때, 성벽 한 귀퉁이가 무너져 내렸다.

조디악이 마침내 성벽을 허물어뜨리자 페르노크도 천천히 움직였다.

눈먼 화살들이 날아오자 가볍게 검을 휘둘러 쳐 내고 무너진 성벽 안에 들어섰다.

쿠우우웅!

"백작을 붙잡아라!"

"영지민들은 절대 건들지 마라!"

가르쳐 준대로 착실히 임무를 수행하고 있다.

'이곳은 병사들의 수도 적은데, 여기서 희생을 크게 벌리면 영지민들을 회유할 때 좋지 않은 소문이 흐르겠지.'

병사들도 영지민들의 가족이다.

군이 피를 일으킬 필요가 없다.

서늘하게 웃은 페르노크가 성벽을 향해 검을 휘둘렀다.

콰아앙!

오버 임팩트가 경로상의 모든 것을 터트리며 성벽을 휩쓸었다.

병사들이 중심을 못 잡고 주저앉자, 페르노크가 길드원을 위에 올려 보냈다.

마법을 겨누자 병사들은 저항할 의지를 상실했다.

"불트 백작이 삿된 감정으로 너희를 이용하여 자신의 배를 불렸다! 어찌 그런 자를 위해 검을 든단 말이냐!"

페르노크가 전장에 소리쳤다.

"무기를 내리고 가족의 품으로 돌아가라! 그리하면 내 너희의 목을 치지 않을 것이다!"

"저자의 말을……!"

시끄럽게 구는 기사의 목을 단칼에 베어 버렸다.

"너희를 막을 자는 이곳에 없다!"

마법사들의 압박감. 그리고 완벽하게 장악당한 성.

병사들은 모두 무기를 내려놓고 얌전히 페르노크에게 항복했다.

* * *

갑작스럽게 찾아온 페르노크와 합의 없이 치러진 영지

전에 불트 백작은 정신을 차릴 수 없었다.

모든 것이 일방적이었다.

불트 백작이 뻥 뚫린 성벽으로 갔을 땐, 페르노크의 마법사들이 물밀듯 들어오고 있었다.

"백작님! 어서 피하십시오!"

기사단장이 병력들을 끌고 내려와 보지만, 전황을 뒤집을 순 없었다.

페르노크는 길드와 후작령의 기사단을 동시에 대동시켰다.

대부분이 마법사인 전력을 불트 백작의 기사단으론 감당할 수 없었다.

난감한 상황에 쐐기를 박듯 조디악이 길을 열었다.

"준비해 뒀습니다."

"나쁘지 않군. 마무리까지 맡기마."

"예, 왕자님."

조디악이 씨익 웃으며 빠져나가자, 밀실 같은 공간엔 페르노크와 불트 백작 둘만 남았다.

"세상 어느 법에 이런 식의 영지전이 있단 말이오!"

"이런 식이 뭐지?"

"이건 폭력이오! 막무가내로 밀고 들어오는! 법과 절차가 생략된 독단적인 행동이란 말이오!"

"하하하하하!"

"뭐, 뭐가 웃겨!"

페르노크가 광소를 터트리며 고개를 저었다.

"일루미나 왕국의 모든 귀족이 너와 같다면 참 편할 텐데."

"무, 무슨……."

"내 칼에 피를 묻히기도 아까운 놈이군. 뭐, 쓸모가 다한 놈은 1왕자가 알아서 처분하겠지."

일루미나의 영지전은 조사단이 상황을 파악하기 전까진 점령한 영지의 영주를 죽일 수 없다.

르젠에서 왕자들이 서로 싸움에도 병력의 손실만 나고 서로 목숨을 부지한 것도 비슷한 이유다.

"귀족의 목숨과 백성의 목숨이 뭐가 다르다고. 어차피 죽으면 다 똑같은 망자일 뿐일진대."

"자, 잠깐……!"

페르노크가 불트 백작의 몸을 걷어찼다.

벽에 부딪힌 불트 백작은 코와 입에서 피를 흘리며 기절했다.

밀실 밖으로 나오자 성의 남은 인부들과 행정관이 보였다.

"백작이 꿍쳐 놓은 돈이 있겠지?"

행정관이 눈알을 굴리며 답했다.

"예!"

"어디 있지?"

"침실에 금고가……."

페르노크가 행정관의 목을 그대로 잘라 버렸다.

〈302〉 이번 생은 황제로 살겠다 5

인부들이 비명을 지르자 조디악을 시켜 명했다.

"금고를 비롯한 성의 창고를 샅샅이 뒤져 재물을 파악하고, 이자들은 집으로 돌려보내."

"예. 창고는 개방할까요?"

"네가 책임지고 이곳에 남아서 혼란이 수습되면 민심을 바로잡도록."

"알겠습니다."

그리고 얼마 지나지 않아 페르노크가 경쟁시켰던 길드장들이 앞다퉈 나타났다.

모두 장부에 적힌 귀족들과 남은 성을 칠 명분을 들고 왔다.

"이 근방의 영지들은 1왕자 파벌이라서 그런지 서로 돌려 먹는 게 많군."

"덕분에 쉽게 파고들 빌미를 만들었습니다."

"이곳의 일이 퍼지기 전에 남은 성을 친다. 그리고 이 버러지 같은 놈들은."

페르노크가 공을 세우고 싶어 안달이 난 길드장 한 명을 불렀다.

"네가 책임지고 다 털어. 감춘 것이 뭐가 있는지. 어떤 비리가 누구와 연결되었는지."

"왕족들까지 연결되었다면 어찌합니까?"

"그자는 살려 둬. 다른 곳을 칠 때 유용하게 쓰일 테니까."

"믿고 맡겨 주십시오!"

그리고 페르노크는 남은 길드장들과 정예 길드원들에게 소리쳤다.

"남은 성을 모두 정복하고 영지로 삼는다! 조사단이 오기 전에 모두 마무리 짓는다!"

"예!"

수백 필의 말이 먼지를 일으키며 1왕자 파벌의 두 거점을 향해 질주했다.

* * *

찰스 백작이 소리쳤다.

"방패를 세우고 성문에 기름을 뿌려라!"

한밤중에 느닷없이 네임드 길드가 습격했다.

팔키온 후작령의 투기장과 관련하여 페르노크 길드장의 목숨을 가지고 놀았다며 영지전을 신청했다.

말도 안 되는 소리라며 일갈하고 돌려보냈으나, 다시데려온 자가 찰스의 목숨을 옥죄었다.

"마, 맞습니다! 찰스 백작이 투기장에 사람을 공급했습니다!"

운반책으로 백작가와 후작가를 오가던 옴푸 남작이었다.

마땅한 영지는 없지만, 1왕자 파벌의 심부름꾼으로 활용하고 있었다.

그자가 지금 미소 짓는 사내 앞에 무릎 꿇었다.

"나는 마땅히 일국의 왕자로서 책임감과 사명감을 가지고 있다. 어찌 일루미나의 백성들을 잔혹한 투기장으로 내몬 네놈의 악행을 못 본 체한단 말이냐. 네놈은 왕족을 능멸하고 수렁에 빠뜨린 것으로 모자라 죄 없는 생명을 가지고 놀았다."

사내가 외쳤다.

"이에 네놈과 그 일에 협력한 모든 자들을 엄벌할 것이다."

곧바로 영지전이 시작되었으나, 보통의 방식과는 달랐다.

찰스 백작이 허락하지 않았음에도 성벽에 깃발을 꽂고 막무가내로 밀고 들어왔다.

"불을 붙여!"

성벽 가까이 접근한 자들에게 기름을 뿌린 뒤 불화살을 날렸다.

공중에서 화살이 얼어붙자 찰스 백작의 마음도 철렁거렸다.

'팔키온 후작의 일이 사실이었단 말인가.'

각 성에 공문이 내려왔다.

팔키온 후작이 죽었는데, 그 원흉이 네임드라는 S급 길드장의 소행이며, 또한 그자가 왕족 능멸죄라는 얼토당토않은 소리를 지껄였다는 것이다.

하여, 진상조사단으로 왕국의 마도사와 마법사들을 보냈으니, 그들이 모든 사실을 확인할 때까진 섣불리 성에서 움직이지 말라 하였다.

찰스 백작령은 보병 육성에 정평이 나 있는 곳이다.

진상조사단의 결과가 나오는 즉시 팔키온 후작령으로 움직일 준비가 되어 있었다.

하지만 생각지도 못한 과거를 들추며 페르노크가 한발 앞서 성을 두드렸다.

처음엔 1왕자의 파벌이 서로 힘을 합치지 못하도록 각개 격파를 한다고 생각했다.

하지만 페르노크의 미소를 보면서 찰스 백작은 이 모든 게 단순한 정복 전쟁임을 깨달았다.

1왕자 파벌을 무서워하지 않으니, 밀고 들어와 모든 것을 빼앗으려 한다.

후환을 개의치 않는 과감함에 찰스 백작은 식은땀만 흘릴 뿐이었다.

"마법사가 밀고 들어옵니다!"

"모두 4레벨 이상입니다!"

"선두의 망치를 든 자는 6레벨!"

"동쪽과 서쪽의 마법사도 6레벨입니다!"

찰스 백작의 정신이 아득해졌다.

이곳의 기사단장이 6레벨이다. 단원들이 4, 5레벨이라 곤 하나 통틀어 10명에 불과할 뿐이다.

백작령치곤 꽤 많은 수의 보병을 보유하고 있지만 적은 300명이 전부 마법사다.

병력을 투입시키지도 않고 오직 마법만 사용해 공성전을 치른다.

마력을 쥐어짜 내는 모습에선 조금의 망설임도 없다.

설령, 지쳐 쓰러지더라도 다른 자들이 성을 무너뜨릴 거란 믿음이 엿보인다.

아마도 그 근원은 저 여유 넘치는 사내, 페르노크 때문일 것이다.

'젠장! 조셉은 아직 나서지도 않았어!'

심지어 조셉 기사단장이 단원들과 페르노크 뒤에 시립해 있다.

어떻게 구슬려 먹었는지 몰라도, 조셉이 끼어드는 순간 성문은 무너져 내린다.

"푸키스 백작은?"

"이곳으로 오는 중이라 합니다! 그리고 진상조사단이 오는 경로에 전령을 보냈습니다!"

"이 굼벵이 같은 놈! 언제 오는 거야, 대체!"

인근의 마지막 남은 1왕자 파벌이었다.

푸키스 백작은 6레벨의 마법사이자 후작령 못지않게 잘 단련된 기사단을 소유하고 있다.

그들이 이곳까지 합류하여 수성에 도움을 보탠다면, 진상조사단이 올 때까지 버틸 힘이 생긴다.

실낱같은 희망을 품고서 찰스 백작은 악착같이 수성에 임했다.

마법사들이 많다곤 하나, 이 성은 대마법전에 특화되어 있다.

어지간한 충격은 받아넘길 만큼 잘 쌓인 토대에 독화살을 발출할 수 있는 구멍이 성벽에 뚫려 있다.

또한 성문은 열과 냉기에 강한 금속을 덧대 6레벨의 마법에도 대처할 수 있다.

그리고.

"준비가 끝났습니다!"

1왕자가 하사한 병기가 모습을 드러냈다.

마력포.

르젠의 1왕자 자일에게서 우호의 대가로 받은 20정의 마력포 중 2정이 이곳에 배치되었다.

"저놈이다!"

이미 돌이킬 수 없는 일이라면 페르노크를 응징하여 적의 사기를 꺾으리라.

아닌 밤중에 얻어맞은 찰스 백작의 분노가 페르노크에

게 집중되었다.

우우웅!

마력이 포신에 모여 하나로 응축된 순간.

"발포오!!"

희열이 담긴 목소리가 전장에 울려 퍼졌다.

콰아아앙!

밤을 가르는 빛이 느긋하게 앉아 있는 페르노크에게 쏘아졌다.

'6레벨 마법사의 마력을 담았다! 네놈이 소문의 7레벨 마법사라 해도 마력포를 계속 맞으면 버틸 도리가 없겠지!'

눈으로 좇았을 땐, 이미 목표물에 도달했다.

찰스 백작은 마력포의 위용을 생각하며 계속 마력을 불어넣으라 지시했다.

적은 하나가 아니었고, 처리할 놈들은 수두룩했기에 푸키스 백작이 오기 전에 되도록 수를 줄여 버릴 생각이었다.

그 장면을 목격하기 전까진 말이다.

"의외로 수성이 나쁘지 않군."

페르노크가 달려드는 빛을 손등으로 가볍게 털어 냈다.

콰앙!

빛이 양쪽으로 갈라져 엉뚱한 곳에 구덩이를 만들었다.

페르노크가 손등에 피어오른 연기를 물끄러미 보며 고개를 끄덕였다.

"조셉."

"예!"

"동쪽 산 너머에서 마법사의 기척이 느껴진다. 자드와 엔리를 데리고 가서 산채로 끌고 와."

"예!"

그리고 페르노크가 눈을 마주한 찰스 백작은 심장이 멎는 것만 같았다.

'마, 마력포가······.'

7레벨 마법사에 S급 용병이다.

마력포를 한 차례 막아 낼 무언가를 감추고 있으리라 판단했다.

하지만 가볍게 튕겨 낼 거라곤 상상도 못 했다.

'······7레벨이 아니야······.'

곁에서 마력포를 충전하는 6레벨 마법사 기사단장도 같은 생각인 듯했다.

"마도사······."

기사단장의 목소리가 흘러나올 때, 페르노크는 감췄던 마력을 일시에 깨웠다.

"······!"

전장의 모든 자들이 압박감에 짓눌렸다.

페르노크가 단호하게 외쳤다.

"5분!"

그 숫자가 무엇을 의미하는지 찰스 백작은 알 수 없었다.

하지만 목소리가 울려 퍼졌을 때, 공성을 치르는 네임드의 눈빛이 한층 싸늘해졌다는 것만은 분명했다.

콰아앙!

사방을 두드리는 용병들의 기세가 격렬해졌다.

탈진하여 쓰러진 마법사들까지 이를 악물고 일어나 활을 쥐었다. 강화계는 화살 한두 개쯤 몸에 맞아도 아랑곳하지 않고 돌파를 감행했다.

"서, 성무우우운!"

살리오의 망치가 파동을 끌어모으며 성문에 내리쳤다.

콰앙!

두텁고 강한 금속들을 모은 덕분인지, 찌그러지는 선에서 한 차례 막아 냈다.

'두 번째가 위험하다.'

하지만 한 번 막았다. 다시 수복할 수 있다.

찰스 백작이 가슴을 쓸어내리기도 전이었다.

쿠우우웅!

북쪽 성벽이 무너져 내렸다.

"백작을 잡아라!"

"저항하는 놈들은 죽지만, 항복한 자들은 살려 주겠다!"

양동 작전이었다.

일부러 파괴력이 남다른 살리오를 정면에 두고 백작의 시선을 묶었다.

그리고 동쪽과 서쪽에서 성을 부술 것처럼 관심을 끌고서 북쪽에선 조용히 성벽을 무너뜨릴 작업에 착수했다.

조디악을 비롯한 땅을 다루는 길드 정예 마법사 30명이 함께 1시간가량 집중하고 있어서 가능한 일이었다.

"백작님!"

"퇴로를 확보해!"

성안으로 마법사들이 들어온 이상 수성의 이점은 모두 사라졌다.

평지와 다름없는 성내에서 보병들은 마법사들의 상대가 되지 못한다.

찰스 백작은 빠르게 판단하고 도망칠 준비를 마쳤으나, 어느새 성루에 그자가 올라와 있었다.

달을 등지고 소리 없이 지켜보는 한 쌍의 눈동자가 찰스 백작의 마지막 퇴로마저 가로막았다.

"이노옴!"

기사단장이 성을 얼려 버릴 기세로 마법을 사용함과 동시에 페르노크가 손을 뻗었다.

마법이 산산이 부서지며 기사단장의 안면이 손바닥에 붙잡혔다.

그대로 가볍게 띄워 올리자 바둥거리던 기사단장이 이

내 축 늘어졌다.

페르노크가 기사단장을 구석에 던지고 찰스 백작에게 다가갔다.

"왜, 왜……?"

당황한 나머지 말도 제대로 나오지 않았다.

"날 투기장으로 보낸 게 1왕자고, 그 파벌이 투기장에서 계속 시련을 내리지 않았나. 내가 언제 죽을지 확인하려는 것처럼."

"그, 그런 적 없다! 내가 투기장에 뭐가 있는 줄 알고 사람을 보내!"

"그러니까 투기장과 관련되었다는 건 인정한다는 말이군."

찰스 백작이 창백하게 질렸다.

"이런 억지를 왕국에서 용납할 거라 생각하나! 넌 호적에도 없는 자칭 왕족일 뿐이야!"

"이제 곧 나를 증명할 사람을 네가 보내 줬잖아."

"뭐, 뭐?"

"전령이 진상조사단에게 향하더군. 당분간 이곳에서 기다리려고."

페르노크가 산 너머에서 일단의 무리를 이끌고 오는 길드원들을 힐끗 보았다.

"푸키스 백작령까지 갈 필요도 없고 말이야."

찰스 백작은 눈앞이 캄캄해졌다.

푸키스 백작과 기사단을 포함한 병사들이 모두 붙잡혀 이곳으로 오는 중이었다.

"한 가지 아쉬운 건, 푸키스 백작령을 너무 쉽게 먹었다는 거지."

기사단과 병사가 그리고 영주가 사라진 성은 이미 페르노크의 것과 다름없었다.

"공성전 경험은 되도록 많이 쌓게 해 두고 싶었는데, 다음으로 미뤄야겠군."

"경험?"

찰스 백작이 부들부들 떨었다.

페르노크가 이리 쉽게 성루에 오를 수 있었으면서 지금까지 관망했던 이유를 깨달았기 때문이다.

"나, 나를 실험대로 쓴 거야?"

"자의식이 과한 놈이군. 설마 네깟 놈의 전술이 뛰어나서 이리 오래 걸렸다고 생각했단 말이냐?"

영지전은 시간 싸움이다.

찰스 백작령을 비롯해 푸키스 백작령까지 점령해야 했던 페르노크는 본래 성문부터 가볍게 부숴 버릴 생각이었다.

하지만 찰스 백작이 진상조사단과 푸키스 백작에게 전령을 보내는 모습을 보고 생각을 바꿨다.

어차피 이 성에 필요한 자들이 모두 모여든다면 시간에 쫓길 필요 없이 공성전 경험을 쌓게 해 주면 좋겠다고 판단했다.

푸키스 백작은 지금 잡혀 오고 있다.

그 영지에 A급 길드장 3명과 마법사 200명만 보내도 가볍게 성을 접수할 수 있다.

진상조사단은 전령의 말을 듣고 팔키온 후작령이 아닌 이곳에 올 테니, 페르노크로선 다급해질 이유가 하나도 없게 되었다.

"이깟 성, 고작 검 몇 번에 스러져 버릴 허술한 곳이거늘."

이곳은 수도에서 떨어진 변방 영지들이다.

수도로 향할수록 공성전은 지금보다 몇 배는 더 힘들어진다.

1왕자의 핵심 파벌을 공략하기 전에 몸을 풀 겸 공성전을 수하들에게 맡겼건만, 마력포가 준비될 시간까지 지체되는 모습을 보니 아직 보완할 점이 많다고 느꼈다.

"살리오."

"예."

어느새 성루로 올라온 살리오가 굳은 표정을 지어 보였다.

"공성전의 작전은 너에게 일임했다. 우리 전력이 압도적이었는데도 이깟 버러지 하나 처리하는데 시간을 촉박하게 쓰더구나."

"죄송합니다."

"성을 정리하고, 장부에 연루된 자를 모두 가둬라. 마력포는 수거해서 후작령에 운반하고, 길드장 셋을 푸키스 백작령에 보내라."

"알겠습니다."

"진상조사단이 오기 전까지 공성 교육을 다시 시작할 것이니, 차후에 지체되는 일이 없도록 하거라."

"예!"

"하나……."

페르노크가 성을 점거한 길드원들을 살피며 고개를 끄덕였다.

"……죽은 자들이 없었다. 시간이 지체됐지만 길드원들을 우선시한 점은 나쁘지 않았다. 추후, 더 많은 병력을 맡기도록 하지."

"예?"

"찰스를 감옥에 가두고 성의 민심을 수습하도록."

페르노크가 돌아서자 살리오가 환하게 웃으며 말했다.

"명을 받들겠습니다!"

살리오가 길드원들을 불러 성벽 위를 정리하기 시작했다.

찰스 백작이 수갑에 묶인 채 끌려갔다.

푸키스 백작과 병력들은 성안으로 끌려와 감옥에 들어가고 있었다.

텅 빈 성루에 혼자 서서 페르노크는 먼 곳을 바라보았다.

강렬한 마력이 느껴진다.

* * *

진상조사단장 S1의 마도사 플레미르 공작이 숲에서 야영을 하고 있을 때였다.

"음?"

수풀을 헤치며 찰스 백작령의 깃발을 몸에 묶은 사내가 나타났다.

조사단원들이 마력을 끌어 올리려 하자 플레미르 공작이 손을 저어 가로막았다.

"넌 어찌하여 찰스 백작령의 깃발을 가지고 있느냐."

"조사단장 플레미르 공작님이 맞으십니까?"

"그렇다만."

"백작님께서 급하게 찾고 계십니다!"

다들 의아한 표정을 지을 때, 전령이 급하게 외쳤다.

"페르노크란 작자가 불트 백작령을 점거하고 지금 찰스 백작령과 영지전을 벌이고 있습니다!"

"……!"

팔키온 후작령에 있어야 할 페르노크가 성을 점령한다는 말에 플레미르 공작이 놀란 눈을 크게 떴다.

"후작령이 아니라 백작령?"

"이유는 모르겠으나, 갑자기 밤을 타서 영지전을 청하고,

난폭하게 성을 점거하려 합니다! 도와주십시오, 공작님!"

플레미르 공작의 눈이 가늘어지자, 단원들은 급히 야영을 거두고 모닥불을 꺼뜨렸다.

편하게 쉬고 있을 때가 아니었다.

다행히도 이곳에서 찰스 백작령은 그리 먼 거리가 아니었다.

"고생했다."

노기가 담긴 목소리에 단원들이 바짝 긴장하며 플레미르 공작을 따랐다.

"왜 이런 보고가 내게 오지 않았나."

"수도에서도 아무런 언질이 없었습니다."

플레미르 공작은 사태가 생각보다 더 심각하게 돌아가고 있음을 느꼈다.

'우리 정보보다 더 빠르게 영지를 쳐?'

반란이라도 도모하려 한단 말인가.

플레미르 공작이 속도를 높였다.

밤낮을 가리지 않고 달린 끝에 저 멀리 찰스 백작령이 보였다.

성루에 백작령이 아닌 낯선 깃발이 걸려 있었지만, 그보다 위에 우뚝 서서 내려다보는 사내의 모습이 신경 쓰였다.

성으로 걸어가며 사내에게 집중했다.

성루의 사내, 페르노크가 웃으며 말했다.

"늦었군."

마치 자신을 기다렸다는 듯한 모습이었다.

반란을 도모하거나, 영지전을 강제로 벌인 죄인의 모습이라곤 생각하기 어려울 정도로 당당한 태도에 플레미르 공작은 알 수 없는 위화감에 사로잡혔다.

(이번 생은 황제로 살겠다 6권에서 계속)

천하제일의 상재를 타고난 은서호
승승장구하던 그를 가로막는 자들

"어째서 무림맹이 나를……."
"너무 크게 성장해서 귀찮아졌거든, 그러니까 눈에 거슬린다는 거지."

상단 일을 시작했던 그날로 돌아왔고, 굳게 다짐한다
이번 생에서는 절대 후회하지 않기로

"그렇게 네놈들이 깔본 돈으로 무너뜨려 주마."

천재적인 두뇌와 뛰어난 무공 재능까지
역사에 남을 위대한 상황(商皇)의 행보가 시작된다!

향란 신무협 장편소설

은해상단 막내아들